*Rob*

**G**

## Menschheit am Abgrund

Robert Lott, aufgewachsen in einem kleinen Dorf in Oberfranken, studierte Englisch und Geschichte in Bamberg, lebte eine Zeitlang als Aussteiger auf einer spanischen Insel, wurde Lehrer an einem Bayerischen Gymnasium, studierte Spanisch und Biologie in Heidelberg und lebt heute mit seiner Familie in Würzburg. Von ihm sind unter anderem erschienen:

Kahlschlag. Gedichte und Erzählungen. Bläschke Verlag.
Richie. Jugendbuch. Andrea Schmitz Verlag
Ahornland und andere Märchen. Selbstverlag
Chronik der Gemeinde Oberhaid. Hrsg. Fränkischer Tag
Hexenwerk. Roman. BoD Verlag

*Robert Lott*

# Gaia

## Menschheit am Abgrund

Roman

Bibliografische Information der Deutschen Nationalbibliothek: Die Deutsche Nationalbibliothek verzeichnet diese
Publikation in der Deutschen Nationalbibliografie; detail-
lierte bibliografische Daten sind im Internet über
dnb.dnb.de abrufbar.

© 2023 Robert Lott

Herstellung und Verlag:
BoD – Books on Demand, Norderstedt

ISBN 978-3-7448-1573-4

# Carl

Oh Mann, hatte ich ein übles Kopfweh. Warum hatte ich mir auch noch ein zweites Glas Rotwein eingeschenkt? Dabei hatte ich doch schon beim Fernsehen ein Bier getrunken. Buh, und dann auch noch solche Alpträume.

Ich war auf der Couch eingeschlafen und neben mir auf dem kleinen Tisch lag die Bibel. Ich hatte tatsächlich die Bibel gelesen, weil ich wissen wollte, was dieser Johannes in seiner Apokalypse geschrieben hatte. Und was stand da?

Satan würde nach tausend Jahren zurückkommen und dann würde Feuer und brennender Schwefel vom Himmel fallen und seine Anhänger verzehren. Dieser Johannes war echt abgedreht. Ich legte die Bibel wieder zur Seite. Mit so einem Kopfweh kann man einfach nicht lesen! Wahrscheinlich hatte der Typ tagelang hungernd in der Wüste gesessen und höchst seltsame Blätter gefuttert, anders konnte man sich seine Weltuntergangsstimmung nicht erklären.

Na ja, vielleicht stimmten seine Vorhersagen sogar und er konnte tatsächlich in die Zukunft sehen. Aber natürlich konnte er sich nicht erklären, was Atombomben, Raketen, Kampfsatelliten, Flugzeugträger, Drohnen und Panzer sein sollten. Der echte Weltuntergang war ja wohl kaum noch aufzuhalten. Dazu brauchte man gar nicht mehr diesen ganzen Klimawandel, es reichten schon ein paar verrückte Politiker. Unsere teuren E-Autos, die Photovoltaik auf den Dächern, die Häuserdämmung, die riesigen Offshore Windparks, dieser ganze verzweifelte Kampf der Menschheit, die Klimakatastrophe doch noch irgendwie aufzuhalten zu können und dann … dann hatten die Chinesen diesen Kim Jong Un einfach nicht mehr unter Kontrolle und der Wahnsinnige schießt eine Atomrakete auf eine unbewohnte Insel im Pazifik ab und feiert sich anschließend frenetisch in seinen Medien. Und was macht der amerikanische Präsident, dieser selbst erklärte Schutzengel der Menschheit? Er platziert in völliger geistiger Umnachtung natürlich Bomben auf die Abschussrampe und zusätzlich auf eine Anlage zur Anreicherung von Uran. Angeblich mehrere hundert Tote und natürlich alles Zivilisten, die in einer Futtermittelfabrik arbeiteten – jedenfalls wenn man der chinesischen und koreanischen Propaganda glaubte.

Und dann drehte der kleine Kim Yong völlig durch und feuerte seine nächste Atomrakete auf eine kleine Insel östlich von Seoul ab und traf stattdessen die Großstadt Incheon. Mindestens 30 000 Tote! Die Chinesen ließen Kim Jong Un fallen wie eine heiße Kartoffel, aber es war zu spät. Es war Wahlkampf in den USA und 30 000 tote Südkoreaner hieß Rache und vor allem Wiederwahl, ein guter Amerikaner hält im Krieg doch zu seinem Vaterland und zu seinem Präsidenten, hatte damals bei diesem völlig unfähigen George W. Bush Junior doch auch super funktioniert.

Vor zwei Tagen waren dann die Bomben in Hamhung eingeschlagen, der zweitgrößten Stadt Nordkoreas nach Pnom Phen. Mit bestimmt 40 000 Toten! Natürlich gab es keine Zahlen aus Nordkorea, nur Hasstiraden auf die mordlüsternen amerikanischen Kapitalisten. Aber mehr als zehntausend Chinesen waren wohl auch tot, da die Nordkoreaner irgendein übles Abwehrsystem hatten, das viele amerikanische Raketen nach Norden ablenkte. Oder war es einfach die Ungenauigkeit der amerikanischen Raketen? Egal, die Chinesen hatten die Nase voll. Entweder die USA entschuldigten sich sofort und zahlten hundert Milliarden Dollar für den Wiederaufbau oder sie würden schwerste Schritte unternehmen, was hieß, dass wahrscheinlich Amerikaner sterben würden und was das hieß, konnte sich jeder ausrechnen. Lauter neurotische Idioten an der Macht, von denen keiner das Gesicht verlieren will. Das konnte kaum noch gut gehen. Die Russen waren im Moment die lachenden Dritten und breiteten ihren Einfluss im Nahen Osten weiter aus. Das russisch unterstützte Syrien drohte offen der Türkei mit Krieg wegen ihrer Attacken auf die syrischen Kurden und die Türkei ihrerseits rief schon mal die NATO gegen die russischen Kampfjets zu Hilfe.

Jeden Tag eine weitere Horrormeldung und es läuft alles auf einen globalen Krieg hinaus. Ein Krieg mit Atomwaffen! Diese Vollidioten! Als wäre das Ende der Welt ein doofes Computerspiel, nach dem alle Figuren wieder fröhlich aufstehen.


Tommy kam die Treppe herunter.

„Papa, im Internet steht, der Präsident wird sich nicht entschuldigen, die Chinesen hätten dem Terror in Nordkorea lange genug zugesehen. Und die Chinesen sagen, dann wird man mit den gleichen Waffen zurückschlagen! Papa! Hör doch mal zu! Was liest du denn da?"

„Ich lese eine Geschichte über das Ende der Welt, Junge. Hat dieser Johannes schon vor 2000 Jahren geträumt."

„Papa, wir müssen doch was tun. Wir müssen herausfinden, wo ein Bunker ist und Konserven kaufen. Das hast du doch bei Corona auch gemacht."

Tommy, das ist Quatsch mit dem Bunker. Wenn wirklich ein Atomkrieg beginnt, braucht man keine Bunker mehr. 100 bis 200 der heutigen Atombomben reichen und die Erde ist so verseucht, dass alle Tiere und Pflanzen durch den radioaktiven Fallout sterben werden. Was wollen die Leute in den nächsten paar tausend Jahren essen, bis die Cäsium- und Jod-Werte soweit heruntergegangen sind, dass man an einigen Orten wieder an die Oberfläche kann? Und vor allem wird der Staub …

„Papa? Warum sagst du nichts?"

Ich saß apathisch auf der Couch. Wie sage ich einem Zehnjährigen, dass wir wahrscheinlich alle bald sterben werden?

„Papa, du hast doch erzählt, dass uns Uropa McLoard helfen wird, wenn die Welt untergeht. Wir müssen ihm schreiben."

Uropa McLoard. Der einzige 100-Jährige in unserer Familie. Ja, ich hatte die Geschichte meinen Kindern auch erzählt. Es war eine Geschichte zum Einschlafen für unsere Kinder, die mir schon mein Vater erzählt hatte. Als Hundertjähriger ging unser berühmter Urgroßvater in den Dschungel Mittelamerikas, entschlüsselte dort die Geheimnisse der Mayapyramiden und verschwand von dort aus in den Himmel, versprach aber vorher, zurückzukommen und allen McLoards zu helfen, wenn die Welt unterging.

Die Wahrheit war, dass mein Urgroßvater tatsächlich noch mit sechzig, aber nicht mit 100 Jahren in Tikal in Guatemala eine kleine Forschungsstation bei den Pyramiden eingerichtet und ein paar Studienhefte über die Maya publiziert hatte. Eines Tages war er dann in den Dschungel spaziert und wurde nie wiedergesehen. In dem Dschungel dort gab es gefräßige Jaguare, die altersschwache Tiere gerne als leichte Beute nahmen.

Die Geschichte, dass er den McLoards versprochen hatte, ihnen zu helfen, hatte wohl mein Vater dazu gedichtet und am Schluss kam dann immer noch der Satz. „Und als ich klein war, Kinder, da kam er mich aus dem Himmel manchmal besuchen und spielte mit mir". Schön, dass man die Kinder vor dem Gedanken an den Tod bewahren wollte, aber mussten dazu gleich Tote wiederauferstehen? Vater war vor zwei Jahren bei einem

Autounfall in Edinburgh gestorben. Er musste das alles hier wenigstens nicht mehr miterleben…

„Carl?" Meine Frau kam aus der Küche ins Wohnzimmer, während Tommy nach oben verschwand.

„Ja?"

„Carl, in 48 Stunden wollen die Chinesen zurückschlagen, wenn sich der Präsident nicht bis dahin entschuldigt. …Carl?"

„Ja?"

„Was sollen wir machen?"

Interessant, dass sie mich das fragte, meist entschied sie selbst und ich schloss mich an. Nur im Moment wusste ich keine sinnvolle Antwort.

„Wir fahren zu Uropa McLoard."

„Was? Was soll denn der Blödsinn? Immer wenn man dich wirklich mal braucht, kommst du mit irgendwelchem Quatsch daher."

„O.k., Fiona, jetzt mal wirklich ganz ernst. Wir können hier sitzen und am Fernseher auf das Ende der Welt warten oder es wie mein Urgroßvater machen, noch einmal etwas Tolles sehen und verschwinden."

„Du bist doof!"

„Nein, ich bin realistisch. Wir haben hier keinen Bunker, der nächste ist in Albuquerque und bis wir dort sind, passt wahrscheinlich schon kein Mensch mehr rein. Aber es ist auch völlig egal. Niemand wird die nächsten fünfzig Jahre in einem Erdloch ohne Essen überleben."

„Wir werden nicht sterben. Du übertreibst immer so schrecklich."

„Du bist einfach immer optimistisch und ich nicht. Schon bei 100 Atombomben werden die radioaktiven Wolken über die ganze Welt ziehen. Cäsium 137, Iod 131, Strontium 90 und der ganze Mist. Der hochgeschleuderte Staub wird kein

Sonnenlicht durchlassen. Es wird Winter werden, nuklearer Winter. Du bist doch Biologielehrerin. Wie war das vor 65 Millionen Jahren? Die Saurier sind ausgestorben und diesmal sind wir dran. Keine grüne Pflanze der Erde überlebt ohne Sonnenlicht. Erst sterben die Pflanzen, dann die Pflanzenfresser und dann die Fleischfresser. Alle Tiere und Pflanzen werden sterben. Alle! Und was willst du dann essen? Sand, Steine? Der Boden wird für viele hundert Jahre kontaminiert sein."

„So weit kommt es nicht. Die Politiker sind ja nicht verrückt. Außerdem können die Menschen ja auch eine Zeitlang unter der Erde leben. "

„Ohne Sonnenlicht? Ohne an die Erdoberfläche zu können?"

„So schlimm wird es nicht!

„Doch! So schlimm wird es. Wir wollten doch eh in den Ferien nach Guatemala. Niemand wird das kleine Land bombardieren und der Fallout wird uns erst nach ein paar Wochen erwischen. Vielleicht halten die Urwaldbäume ja auch die Radioaktivität auf."

„Du bist immer so sarkastisch und findest dich auch noch witzig dabei. Mit dir kann man überhaupt nicht mehr normal reden. Und das in so einer Situation. Das ist alles einfach nicht mehr lustig."

„Ist es auch nicht. Schau mal, was auf Google News hier steht. Der Präsident will sich auf keinen Fall entschuldigen, also werden die Chinesen irgendetwas Größeres bombardieren, um nicht als zahnloser Tiger herumzustehen. Und dann werden die USA zurückschlagen und dann die Chinesen. Und selbst wenn sie es hier schaffen, den Atomkrieg zu vermeiden, dann hör dir mal die neuesten Nachrichten aus der Türkei an. Die Türken haben gerade einen russischen Kampfjet abgeschossen und dafür haben die Russen eine türkische

Militärkaserne bombardiert. Ungefähr 100 Tote. Die Türkei bittet die NATO um Hilfe, da sie von Russland angegriffen wird. Und die NATO hat ihre Hilfe zugesagt!"

„Mein Gott!"

„Der hilft uns auch nicht mehr. Aber im Ernst. Wir haben vielleicht nicht mehr viel Zeit. Wir wollten doch ohnehin mal eine große Tour nach Mexiko und Guatemala machen. Also los."

„Wie, also los? Wir haben nächste Woche zwei Vorbereitungskonferenzen für das nächste Schuljahr und ich habe noch drei Nachprüfungen. Ich kann doch nicht einfach meinen Job hinschmeißen."

„Doch. Take your money and run. Es ist aus, vorbei."

„Du bist verrückt."

„Ich packe unsere Koffer. Wir machen Ferien."

„Du bist …"

„… genial. Das wolltest du doch sagen."

„OOH!" Sie kochte, drehte sich um und ging grollend aus dem Zimmer, warf die Haustür hinter sich zu, dann hörte ich unseren SUV starten.

Nach einer Stunde war sie wieder da. Sie sah bleich und verheult aus.

„Mein Gott, Fiona. Was ist denn los?"

„Im Supermarkt… Die Leute haben sich geschlagen wegen ein paar Dosen. Ich habe Essen für zwei Wochen eingekauft, Konserven und Tüten, aber viele Sachen waren einfach schon weg. Die Leute sind alle voll in Panik. War das ernst mit Guatemala?"

„Ja, das war mein Ernst. Lass uns fahren, Fiona."

„Im Radio sagen sie, die Straße nach Albuquerque ist dicht, alles voller Autos."

„Sie wollen alle in den Bunker. Wir nehmen einen anderen Weg. Fiona, lass uns wegfahren. Noch einmal etwas Schönes sehen. Tommy freut sich schon ewig darauf, den Platz zu sehen, wo Uropa McLoard verschwunden ist. … Hm, aber was machen wir mit Annabel? Im Moment scheint sie ja gerade keinen festen Freund zu haben, oder?"

„Ich weiß es nicht. Jeff?"

„Jeff? Wirklich den doofen Jeff?"

„Nein. Vielleicht Jordan?"

„Nein. Jordan war doch letztes Jahr, oder?"

„O.k. Ich weiß es auch nicht. Ich hole die Kinder."

Fünf Minuten später war große Lagebesprechung im Wohnzimmer. Annabel hatte die Arme vor der Brust verschränkt, ihr Gesicht sprach Bände: Was wollen die Eltern schon wieder von mir? Lasst mich in Ruhe.

Die Mädchen unserer Nachbarn sind auch in der Pubertät. Laut ihrer Mutter redeten sie zu Hause fast nichts, igelten sich in ihren Zimmern ein, gingen höchstens mal shoppen, standen ständig vor den Spiegeln und träumten wahrscheinlich von ihrem Märchenprinzen. So hatte ich mir das auch vorgestellt. Aber Annabel war kein normales Mädchen. Sie war schon immer mehr ein Junge gewesen und manchmal meinte man das Adrenalin durch ihr Blut rauschen zu hören: Laut, ständig aggressiv, nie mit etwas zufrieden, was ihre völlig altmodischen Eltern machten, und mit Ausdrücken um sich werfend, für die wir uns früher in Grund und Boden geschämt hätten.

„Also Kinder. Wir machen Urlaub und fahren nach Guatemala."

„Cool! Ich pack' meinen Koffer." Das war Tommy.

Annabel ging erwartungsgemäß ab wie eine Rakete. „Ihr seid doch komplett verrückt. Könnt ihr nicht einmal normal sein wie alle anderen Eltern? Was wollen wir denn in diesem Scheiß-Guatemala? Vielleicht kommt wirklich dieser Scheiß-Atomkrieg und wir sind dann in einem Kack-Entwicklungs-land ohne Krankenhäuser. Ohne irgendjemanden, der uns hilft. Ich fahre nicht mit! Das könnt ihr vergessen!"

„Jep, fast korrekt. Nur das ‚vielleicht' kannst du streichen. Mit 99%iger Wahrscheinlichkeit bekommen wir einen Atom-krieg und da ist es besser, nicht in einem Land zu sein, auf das sehr viele Atombomben fallen werden, oder? Wir fahren mög-lichst weit weg."

„Und wie kommen wir bitte zu diesem Guatemala? Ich dachte, alle Interkontinental-Flüge wären abgesagt."

„Wer sagt denn hier was vom Fliegen? Wir fahren. Von Ber-nalillo nach Flores sind es gerade mal 2000 Kilometer. In zwei Tagen sind wir da."

„Und was machen wir dann dort?"

„Wir suchen Uropa McLoard", rief Tommy begeistert.

„Natürlich Tommy, und wir schauen uns die Pyramiden dort an."

„Pyramiden? Uropa McLoard?" Annabel war am Platzen.

„Ja, wir fahren wegen der Pyramiden dorthin und nicht we-gen irgendwelcher sonnengebräunten hübschen Guatemalte-ken."

„Ihr seid soo doof! Ich gehe nicht mit!"

Und schon verschwand sie nach oben in ihr Zimmer. Das Leben mit pubertierenden Jugendlichen war schon schwer.

„Warum musst du sie auch immer so aufziehen?" Fiona schaute mich grimmig an. „Jetzt darf ich schauen, dass ich sie wieder runterbekomme."

Ich ließ die Schultern sinken. Ich hatte vergessen, dass Ju-gendliche zwar munter austeilen konnten, aber nicht die kleinste Stichelei vertrugen. Fiona atmete tief durch und machte sich auf den Weg nach oben.

„Gut, ihr beiden Männer packt schon mal zusammen. Ich kümmere mich um Annabel. Abfahrt in zwei Stunden."

„O.k.", antworteten Tommy und ich gleichzeitig.

So weit zu meiner Führungsfunktion in der Familie. Immerhin hatten sie sich tatsächlich zu meiner verrückten Idee hinreißen lassen.

Nach sechs Stunden hatte sich alles verändert. Der russische Präsident drohte der NATO mit einem Atomschlag, sollte die türkische Armee auch nur eine weitere MIG abschießen und über das Radio diskutierten Prominente die Anweisungen, wie man sich bei einem Atomangriff verhalten sollte. Scheiße!

Wir hörten die Nachrichten im Autoradio, auf der Straße von Albuquerque nach El Paso. Mit 80 Meilen pro Stunde brausten wir in Richtung mexikanische Grenze. Wieviel Zeit blieb uns noch?

## Annabel

„Hi Linda."

„Hi, Anna."

„Was geht?"

„Wir machen Urlaub."

„Was? Ihr seid echt cool. Meine Alten wollen unbedingt nach Albuquerque in den Bunker. Die haben voll die Angst vor einem Atomkrieg. Völlig abgedreht."

„Meine haben auch Angst. Deswegen fahren wir ja weit weg."

14

„Echt? Wo fahrt ihr denn hin?"

„Nach Guatemala, die Ruinen der Mayas ansehen. Tommy hat so einen totalen Spleen drauf und Papa hat es ihm mal versprochen."

„Dann bist du am Freitag nicht am Highway Horizon, oder?"

„Ne, wir bleiben wahrscheinlich… Warte mal, …. Papa, wann kommen wir zurück?"

„So schnell nicht."

„Krasse Antwort. Sag mal."

„Kann ich nicht, ich muss fahren."

„Also keine Ahnung, wie immer. Linda, ich weiß es nicht. Ich denke in so zwei, drei Wochen."

„Oh Scheiße, dann kommst du auch nicht zu Joshs Geburtstag?"

„Weiß nicht."

„Hey! Was macht ihr da?"

„Linda?"

„Ihr könnt doch nicht einfach meine Sachen packen! Sorry Anna, ich muss auflegen. Die packen doch tatsächlich meine Sachen, die wollen in den Bunker… Ihr spinnt wohl, das ist meine …"

„Was sagt denn deine Linda?", rief Papa vom Fahrersitz nach hinten.

„Ihre Eltern wollen, dass sie mit in den Bunker geht."

„Scheiße. Der ist bestimmt längst voll."

„Ihr macht hier alle die volle Panik, nur weil ihr irgendwelche blöden Science-Fiction-Filme gesehen habt. Ich will nach Hause."

Nicht zum Highway Horizon, o.k., das ließ sich verschmerzen, aber Joshs Partys, die waren legendär. Wenn seine Eltern nicht zu Hause waren … und sie könnte ja sagen, dass sie bei

Linda übernachtete. Josh hatte angeblich sogar Gras … Das würde sie natürlich nicht probieren, höchstens ein cooles Video von allen machen, wenn die high oder besoffen waren. Hm, und Darren, der coole Typ aus Joshs Community würde bestimmt auch kommen. Oh Fuck. Scheißpolitik, Scheißatomkrieg. Diese ganzen alten Säcke sollten sich doch gegenseitig abknallen und einen in Ruhe lassen.

„Papa, dreh endlich um. Ich will wieder nach Hause!"

# Carl

„Annabel, gib jetzt endlich Ruhe. Schau, da ist schon die Grenze. Fiona, hast du die Pässe?"

„Hier."

„Was zum Teufel?"

Wir hätten es uns denken können. Bei einem Volk von 350 Millionen waren wir nicht die Einzigen, die die Idee hatten, möglichst weit weg zu fahren, vor der Katastrophe zu fliehen. Eine riesige Autoschlange wollte raus, raus aus den USA. Und auf der anderen Straßenseite? Kein einziges Auto, keine Mexikaner, Guatemalteken, Honduraner oder sonst welche Latinos. Nichts. Keine legalen oder illegalen Arbeitsimmigranten, die verzweifelt hofften, einen armseligen Job als Putzfrau oder Erntehelfer in den USA zu bekommen. Auch in Mexiko hörte man Nachrichten. Jetzt mussten wir nur hoffen, dass die Mexikaner uns reinließen.

Es dauerte fast eine Stunde, bis wir durch waren. Die Straßen waren voll und alles rollte Richtung Mexiko City. Aber wir wollten weiter, vorbei an der größten Stadt Lateinamerikas,

16

immer weiter. Dann bei Veracruz ein ewiges Stopp und Go. Irgendein Unfall. Es ging gar nichts mehr, nur noch Stau. Wir beschlossen nach Süden auszuweichen. Am Pazifik waren die Straßen zwar schlechter, aber es war kaum Verkehr.

Noch 34 Stunden bis zum Ablauf des Ultimatums. Die türkische Armee rückte in die Kurdengebiete im Norden Syriens ein und wurde aus der Luft von russischen Flugzeugen bombardiert. Ein weitere russische MIG wurde abgeschossen.

Die Nacht brach herein. Grenzübergang El Carmen. Wir hatten endlich Guatemala erreicht, allerdings am Pazifik, nicht bei Yucatán wie geplant. Gleiches Bild wie an der mexikanischen Grenze. Wo sonst Immigranten versuchten, nach Mexiko durchzukommen, war im Moment auf der guatemaltekischen Seite kein Mensch zu sehen. Niemand, der sich durch Mexiko durchschlagen wollte, um dann ins Land der glorreichen Verheißung zu kommen. Wer wollte denn schon dahin, wo der nächste Weltkrieg beginnen würde? Nicht der nächste, dachte ich, der letzte.

Die Straßen wurden immer schlechter. Gottseidank hatten wir den alten Diesel genommen, denn hier gab es kaum E-Tankstellen, nicht einmal in den größeren Städten. Wo zum Teufel waren denn die Ortsschilder? Konnte man denn nicht wenigstens an größeren Ortschaften ein Ortseingangsschild aufstellen? Das Navi fing an zu spinnen. Die Handys hatten keinen Empfang. Einfach der breitesten Straße folgen. Wo waren plötzlich all die amerikanischen Autos hin?

Ich wurde müde, hundemüde. Zum Teufel, warum waren Tikal oder Flores nicht ausgeschildert? Immer nur Ciudad de Guatemala. Ich musste mich an der Tankstelle durchfragen.

„Excuse me. Where are we?"

„Here Nahualá."

„O.k. Fiona, findest du das in deinem Führer?"

„Nein, aber ich glaube, wir sind an Quetzaltenango vorbei. Wir hätten abzweigen müssen."

"Excuse me. How do we get to Flores?"

"Lo siento. No understand."

"Para ir a Flores, ¿cómo vamos?" Fionas Spanisch war entschieden besser als meines.

"¿Flores en Petén? Pero hombre, está muy lejos."

"Es ist weit, das weiß ich. ...Ya sé. Pero cómo voy?"

"Usted va todo derecho a la capital y después a Morales. Pero está muy lejos."

Dieser lateinamerikanische Singsang ging mir langsam auf die Nerven

„Mejor usted va en avión."

Ich sah ihn verständnislos an. Fiona sprang wieder ein. "En avión?"

"Sí, de la capital."

„De Guatemala City?"

„Sí."

„Was ist los? Was sagt er?"

„Er meint, wir sollen nach Guatemala City und dort mit dem Flugzeug nach Flores."

„Das ist doch Blödsinn. Wer weiß, ob Flugzeuge überhaupt noch fliegen."

"Señor, a lo mejor, usted vuelve a Huehuetenango, y va por Santa Cruz…"

Er nuschelte immer weiter vor sich hin. Ich war so müde. Ich konnte ihm einfach nicht mehr folgen. Es wurde langsam dunkel. Wir mussten irgendwo schlafen, irgendwo zur Ruhe kommen.

„Excuse me. Un hotel, un hotel para turistas aquí?"

Eine nachdenkliche Miene. "Aquí, sí hay hoteles, pero para turistas mejor se va a Panajachel."

"Panahatschel? ¿Cuántos kilómetros?"

"Ah, más o menos 30. Sigue la carretera a la derecha."

"Bueno. Nos vamos allí, gracias, muchas gracias."

Die Straßen waren der reine Horror, riesige Schlaglöcher und sowas nannte sich Panamericana. Schneller als 60 km war lebensgefährlich. Ich musste aufpassen, durfte nicht einschlafen. Dann endlich dieses Panajachel. Und Fiona lotste mich zu einem kleinen Hotel. Ein Bett. Ich brauchte unbedingt ein Bett.

## Fiona

Er hätte nicht mehr fahren sollen. Er war doppelt so lange gefahren wie ich. Aber typisch Mann. Immer musste er beweisen, wie stark er war. So ein Verrückter. Wir waren ein paar Mal fast im Straßengraben gelandet. Aber dieses Panajachel war ja ein Traum. Der Vollmond erleuchtete das Tal und das Städtchen. Eine Reihe bunter Häuser, die sich an die Berge anschmiegten, ein großer glitzernder See und an seinen Seiten ragten drei Vulkane aus der grünen Landschaft. Der Weltuntergang? Das konnte doch nicht sein.

Annabel und Tommy hatten schon im Auto geschlafen und waren in ihre Betten gewankt. Carl war auch gleich ins Bett gefallen. Ich konnte noch nicht schlafen. Ich musste herausfinden, wo ich überhaupt war, und schlich zur Tür hinaus. Wunderhübsche, bunte, ziegelgedeckte Häuser, gerade einmal ein- oder zweistöckig, eine gepflasterte Hauptstraße. Es wurde dunkel, aber der Vollmond gab ein fahles Licht. Der See, ich wollte an diesen großen dunklen See.

Fünf Minuten später saß ich an der Landungsbrücke. Es gab drei Ausflugsboote. Der Mann an der Tankstelle hatte recht gehabt, das war ein Touristenort, aber sehr viele Touristen konnten es wohl nicht sein, denn auf keines der Schiffe passten mehr als 20 Leute.

So ist das also: Man sitzt am Wasser und schaut über den stillen See auf die dunklen Vulkane auf der anderen Seite, man lauscht dem plätschernden Geräusch des Wellenschlags gegen die Holzplanken, während die ganze Welt in einer gewaltigen Katastrophe untergeht. Das konnte doch nicht wahr sein. Irgendjemand würde morgen bestimmt „Stopp" sagen und den Wahnsinn beenden. Ich will noch nicht sterben und ich werde auch nicht sterben. Meine Kinder werden leben. Und wenn wir uns im Dschungel durchschlagen müssen. Ich blickte nach oben. Der Sternenhimmel hier war gigantisch, die Luft unheimlich klar. Ich fröstelte. 11 Uhr abends. Ich sollte auch schlafen gehen. Morgen früh sah die Welt vielleicht schon wieder ganz anders aus.

## Tommy

Das Hotel ist mega, einfach geil. Es gibt ein Büfett und man kann sich nehmen, was man will. Der Kakao ist saulecker und es gibt Croissants mit Nutella drin.

„Mama, Tommy isst schon sein drittes Croissant."

Blöde Petze. „Na und, ich muss doch viel essen, damit ich größer werde als du."

„Das schaffst du nie, du Zwerg."

„Wetten, in zwei Jahren habe ich dich. Du wächst ja nicht mehr. Du wirst nur noch fett."

„Mama, der holt sich noch mehr."

„Annabel, lass ihn, wer weiß, wo wir das nächste Essen bekommen und das Frühstück ist inklusive."

Haha, siehst du. Annabel, du magersüchtige doofe Zicke. Genauso wie die Annabel bei Percy Jackson. Warum hatte der Typ gestern bei Fortnite eine Lasergun bekommen? Wo war die versteckt? Diese Typen spielten den ganzen Tag und hatten das voll raus und er mit seiner einen Stunde Handyspielen pro Tag… Da hatte man einfach keine Chance.

„Hey, das ist mein Kuchen."

„Pech gehabt, Tommilein, das war der letzte."

„Du Mistkröte!"

„Selber Mistkröte!"

„Tommy und Annabel, gebt endlich Ruhe. Tommy, komm her, du kannst meinen Kuchen haben."

## Carl

Ich war wieder einigermaßen fit und die Familie fühlte sich wie im Urlaub an. Über Nacht hatte sich scheinbar auch nicht viel getan. Die NATO hatte Kampfflugzeuge nach Incirlik verlegt, aber die Russen gaben scheinbar Ruhe. Dagegen hatten die Chinesen wohl nicht 10 000, sondern nahezu 12 000 Tote und das chinesische Fernsehen brachte nur heulende Menschen und Leichen, aber keine konkreten Zahlen. Dazwischen immer wieder Aufnahmen ihrer großartigen Armee. Sie wiederholten ständig das Ultimatum. Noch 26 Stunden! Oh, verdammt, du blöder Präsident, gib ihnen alles, wirf dich vor ihnen auf die Knie, aber vermeide diesen wahnsinnigen Krieg!

„Papa, wann fahren wir zu Uropa McLoard?"

„Wir fahren nach dem Frühstück, Tommy."

„Kann ich noch eine Runde spielen? Nur Brawlstars, bitte!"

„Na gut, eine halbe Stunde ist o.k."

„Carl?"

„Ja?"

„Wollen wir nicht lieber hier bleiben? Dieses Panajachel ist wirklich ein schönes Städtchen und …"

„Nein, Papa! Ich habe es gehört! Ich will zu Uropa McLoard! Du hast es versprochen, Papa. Versprochen ist versprochen!"

„Ja, Tommy, ist gut, wir fahren ja in einer halben Stunde. Du wolltest doch gerade spielen."

„Aber wir fahren!"

„Ja, Tommy."


Eine Stunde später war es eher schleichen als fahren. Die Straße nach Guatemala City war völlig verstopft und in der Hauptstadt selbst gab es laut Google Unruhen, gab es Plünderungen. Die Menschen dort hatten auch alle Internet und sahen die Bilder aus den USA. Sie hatten Angst.

„Wir können einen anderen Weg nach Tikal nehmen, über die Berge, Carl."

„Ist das ein Umweg?"

„Nein. Das ist sogar viel kürzer. Aber die Straßen sind wahrscheinlich schlechter."

„Viel schlechter als die hier können sie auch nicht sein. Wo muss ich ab?"


Zwei Stunden später verfluchte ich meine Entscheidung. Die Straße von Quetzaltenango nach Guatemala City war schlecht ausgebaut gewesen, diese hier die reine Katastrophe. Erst kurvte man über endlose Serpentinen nach oben, dann auf der anderen Seite der Berge wieder nach unten. Es war kaum mehr Teer zu sehen, nur noch Beton, Stein und Schlammpiste. Durchschnittsgeschwindigkeit ca. 40 km! Und wenn ein Laster oder ein Bus entgegenkam, musste man stehen bleiben oder rückwärts fahren.

„Was jetzt?"

„Keine Ahnung. Einfach weiter."

„Papa, ich muss auf Toilette."

„Gut, Annabel. Ich halte an." Ich brauchte ohnehin eine Pause.

„Papa, warum hältst du denn hier an? Hier ist doch gar nichts."

„Du hast doch gesagt, du musst auf Toilette, oder?"

„Hier ist aber keine Toilette. Hier ist nichts. Nur Bäume."

„Genau. Und du musst auf Toilette. Also mach's wie Tarzans Jane und ab in den Dschungel."

„Du …, oh, grr…, hättest du nicht woanders halten können?"

Sie stieg aus, warf mir einen wütenden Blick zu und stapfte wortlos in den Dschungel. Dschungel war ja eigentlich nicht die richtige Bezeichnung, aber der Nebelwald an den Rändern des Küstengebirges war für uns auch schon Dschungel. Bäume, die wir nicht kannten, riesige grüne Abhänge und Stille, nichts außer dem Gekrächze von ein paar Vögeln, denen wir wohl als Eindringlinge in ihr Revier galten.

Ich grinste und stieg auch aus, ich musste mir dringend mal die Beine vertreten.

Immerhin hatte ich gegen Annabel gewonnen. Wo blieb sie denn jetzt so lange? Vielleicht hätte ich sie doch nicht allein in den Dschungel gehen lassen sollen?

„Carl?" Fiona saß auf dem Beifahrersitz und hörte Radio.

„Ja?"

„Der Präsident hat den Chinesen Wiederaufbauhilfe versprochen."

„Hat er sich entschuldigt?"

„Nein, aber er hat 500 Millionen versprochen."

„Gut. Sind zwar keine 100 Milliarden, aber vielleicht hilft es ja."

Annabel kam aus dem Busch zurück und zog ihre Hose zurecht. Eigentlich war sie ein hübsches Mädchen mit ihrem dicken welligen braunen Haar, das ich an ihrer Mutter auch so liebte. Aber diese Hose war baggy ohne Ende, dabei war die Mode doch längst out. Na ja, alles besser als diese endlosen Hotpantsdiskussionen vom letzten Jahr. Sie bemerkte, dass ich sie ansah. Und sofort wieder dieser aggressive Ton.

„Was ist los? Warum starrst du mich so an? Fahren wir jetzt endlich wieder zurück?"

„Nein, wir fahren nach Flores. Wenn es keinen Krieg gibt, machen wir hier Urlaub und wenn nicht, erwischt uns der Fallout erst später."

Fiona funkte dazwischen: „Carl, vielleicht hast du doch zu viele Weltuntergangsfilme gesehen. Die Politiker sind nicht so verrückt. Sie regeln das Ganze."

Hatten die beiden recht? Übertrieb ich einfach? Hatte ich meine Familie überhastet in die Ferne gezerrt? Allerdings gefiel es mir hier. Was sollte es?

„Wir fahren weiter. Wir müssen doch eh bald unten sein."

Es wurde immerhin hügeliger. Ich wurde von dem ewigen Geschaukel müde, sehr müde. Schließlich ließ ich Fiona fahren.

# Fiona

Dieser Mann war einfach starrsinnig. Wenn er sich etwas in den Kopf gesetzt hatte, zog er es durch, so verrückt es war. Das hieß, solange ich ihn nicht stoppte. Und das hatte ich schon ein paar Mal tun müssen, sonst säßen wir nicht hier in einem komfortablen Auto, sondern würden irgendwo unter einer Brücke dahinvegetieren.

Sein großer Plan, ein eigenes Unternehmen zur Vorwarnung bei Erdbeben aufzubauen, obwohl es die nationale Behörde dafür gab… Ja, aber die würden ja immer viel zu spät warnen und sein Chef wäre so uneinsichtig… Gottseidank gab es mich, sonst hätte er unser ganzes Erspartes in so einen Wahnsinn gesteckt. Und dann hatte er für seine Ideen doch eine Gehaltserhöhung erhalten und durfte an drei Wochentagen Homeoffice machen.

Jetzt fuhr ich und ich konnte entscheiden, wohin wir fuhren und wann wir Pause machten. So, da vorne ist wieder so ein süßes kleines Städtchen und ich brauche eine Pause. Mir tut schon der Hintern vom ewigen Sitzen weh.

„Carl, da vorne halten wir kurz. Es ist schon zwei Uhr. Die Kinder brauchen mal was zu essen."

Nach einer Runde Hähnchen mit Kartoffeln und als Nachspeise Mangoschnitten stiegen wir wieder ein. Ich war kaum zwanzig Kilometer gefahren, als sich Tommy von hinten nach vorne beugte.

„Mama, das ist doch Semuc Champey hier?"

„Ja, Schatz, wieso?"

„In dem Führer, den du gekauft hast, steht, dass man da ganz toll baden kann in kleinen Naturbasins, und dass es da riesige blaue Schmetterlinge gibt. Fahren wir dahin?"

„Ich dachte, du wolltest zu Uropa McLoard?"

„Ja, aber auch mal baden."

„Annabel?"

„Ja, o.k. Baden. Hier drin stinkt's nämlich."

„Also gut. Carl?"

Carl schlief auf dem Beifahrersitz und wachte nicht einmal auf, als das Auto auf der Buckelpiste fast nicht mehr vorwärts kam.

## Annabel

Scheiße, Linda geh endlich ran. Scheiß Internet.

„Annabel?"

„Linda. Das ist ein echt mieses Netz hier. Was machst du?"

„Ey, wir stehen vor diesem Scheißbunker und kommen nicht rein. Da sind übelst viele Leute und meine Alten quatschen dauernd mit irgendwelchen Polizisten und der Security."

„Echt Scheiße. Warte mal, ich schick dir ein Bild von hier."

„Wow! Wo bist du?"

„Weiß nicht genau. Irgendwo in Guatemala. Wir waren gerade schwimmen. Super klares Wasser direkt aus dem Dschungel. Echt geil. Schau mal. Ich schick dir noch ein Foto."

„Mann, hätten meine Alten auch machen sollen. Urlaub. Stattdessen labern und labern sie hier rum."

„Meine schlafen. Ey, wir müssen echt hier mal Urlaub machen."

„Und Jungs?"

„Na ja, nicht so toll. Die sind hier alle voll klein. Weißt du, wie der Ricardo, der war doch auch aus Guatemala."

„Ricardo, der Loser. War der nicht aus Honduras?"

„Weiß nicht. Aus irgend so einem komischen Miniland."

„Ey, dein Foto ist da, echt geil. Das kannst du voll als deine Startseite nehmen."

„Ah, du Blödmann, ich telefonier doch gerade. Spritz dich selber voll."

„Selber Blödmann. Telefonierst du mit deinem Freund?"

Der Kleine nervte schon wieder total. „Nein, mit Linda."

„Hi Linda, Annabel hat mit Josh geknutscht. Ich hab's gesehen."

„Du Idiot! Linda, ich ruf dich später wieder an. Hier will jemand gerade tauchen."


## Carl


Tommy schrie schon wieder. Diese Kinder machen einen völlig fertig.

„Papa, schau mal, ein Morpho, da fliegt ein Morpho!"

„Was?"

„Ein Morpho, oh Papa, jetzt ist er weg. So ein blauer Riesenfalter wie in Mamas Buch. Da ist er wieder. Wo hast du mein Handy? Ich will ihn fotografieren."

„Hier. ... Fiona?"

Fiona drehte sich zu mir. Sie hatte auch geschlafen.

„Wie lange haben wir geschlafen?"

„Lass mal sehen... Drei Stunden."

„Hast du...?"

27

„Nein, ich hab' keine Nachrichten gelesen. Warte mal. Mein Handy ... Ach, diese Idioten."

„Was?"

„Der Präsident hat eine Entschuldigung abgelehnt, würde aber über die Entschädigung verhandeln, falls die Todeszahlen wirklich so hoch sein sollten. Aber er bräuchte schon konkrete Angaben. Die Chinesen haben mit „18 Stunden und 4 Minuten" geantwortet.

„Er hätte sich einfach das mit den konkreten Angaben sparen sollen, das machen die doch nie. So ein Vollpfosten!"

„Wie weit ist es noch nach Tikal?"

„Laut Routenplaner noch knapp 8 Stunden, bei diesen Straßenverhältnissen wahrscheinlich eher 12."

„Und nach Flores?"

„Etwas über 7 Stunden. Also los. Vielleicht schaffen wir es noch vor Mitternacht."

# Fiona

Es war 10 Uhr abends und stockdunkel, als wir in Flores eintrafen. Gottseidank hatten wir vorher angerufen und uns in einem kleinen Hotel eingeloggt. Wir waren beide von der Fahrt völlig erledigt. Alle wollten nur noch ins Bett.

Ein neuer Tag. Die Sonnenstrahlen fielen durch die Fensterläden. Wieviel Uhr war es? 7 Uhr. Die anderen schliefen. Was stand im Internet?

Nein! Nein! Noch vier Stunden bis zum Ablauf des Ultimatums und Szenen wie aus einem Science-Fiction Film vor dem

Weißen Haus: Demonstranten, die den Präsidenten zur Entschuldigung aufforderten, Nationalgardisten, die sie mit Wasserwerfern zurücktrieben, Menschenmassen, die sich vor Bunkereingängen drängten. Und die Ansprache des Präsidenten, der versicherte, die modernen Abwehrsysteme der USA würden jede Atomrakete schon auf dem Weg unschädlich machen.

In Syrien war scheinbar einigermaßen Ruhe. Die NATO hatte nicht zurückgeschlagen, aber die syrischen Truppen waren offenbar auf türkisches Territorium vorgedrungen. Der türkische Präsident tobte.

Ich schaltete ab. Da draußen … da draußen war alles ruhig. Ich öffnete das Fenster. Man konnte von unserem Hotel aus über den See hinaussehen. Kein Bergsee wie bei Panajachel, keine Vulkane, aber auch hier ein stiller See und davor schöne kleine, verschachtelte Häuser und Straßen mit Kopfsteinpflaster. Ich hatte meine Handtasche im Auto gelassen und ging nach unten zur Rezeption.

Hinter der Theke starrte der Besitzer der Pension auf seinen Fernseher, der viel zu laut eingestellt war. Es waren Schüsse zu hören, im Fernsehen sah es nach Straßenkämpfen aus. Die Bildunterschrift … *Cientos de muertos en actos violentos en la Ciudad de Guatemala después de una manifestación…* Es ging überall los.

Der Recepcionista hatte mich registriert.

"Buenos días."

"Buenos días, Señora Loard, aunque hay malos días ahora."

"No será tan mal."

"Espero que no. Pero nunca se sabe. ¿Usted quiere pagar?"

"¿Ahora no. Nos queremos quedar unos días."

"¿Mejos se paga cada día. Ahora no se sabe nada."

Mir wurde kalt ums Herz, aber ich verstand ihn. Falls morgen die Welt unterging, hatte er heute wenigstens noch unser

Geld, um sich etwas Schönes kaufen zu können. Ich zückte meine Kreditkarte und legte sie auf seinen Kartenleser. Sie funktionierte nicht. Wie war das möglich?

"Hay un problema, Señora?"

"Un momentito, voy a buscar el dinero."

Gottseidank hatten wir relativ viel Geld abgehoben. Was passierte, wenn die Kreditkarten nicht mehr gingen? Mein Gott! Ich stürmte nach oben.

„Carl! Carl! Du musst zur Bank und schauen, ob deine Kreditkarte noch funktioniert.

Carl! Verdammt noch mal! Wach auf!"

## Carl

Immer war sie so hektisch. Ich war doch noch so müde. Ihre Kreditkarte funktionierte nicht. Na und? Ich hatte noch zwei weitere Kreditkarten und wir hatten erst in diesem Panajachel Geld abgehoben.

„Carl, ich habe es im Internet gesehen. Die Leute stürmen die Banken. Das ist wie 2008. Du musst zum Geldautomaten. Steh endlich auf!"

Scheiße, wahrscheinlich hatte sie recht. Der Untergang drohte und alle Leute gerieten in Panik und rannten los, um nicht ihr ganzes Geld zu verlieren, sobald die Bank pleite ging. Also rein in die Klamotten und los. Wohin? Gottseidank ging das Internet hier. Geldautomat? Hauptstraße links. Super.

„Carl! So viel es geht, ja?"

„Ja, ja, sicher." Hielt sie mich für so blöd? Ich hatte öfters das Gefühl, dass sie mich nicht für voll nahm. Dabei hatte ich recht gehabt. Der Weltkrieg würde ausbrechen. Ich stolperte halb angezogen die Treppe hinunter. Was sagte das Internet? Noch vier Stunden.

Der Automat – Scheiße, eine Schlange davor. Acht Guatemalteken vor mir und das so früh am Tag. Die mussten doch gar nicht so viel Angst haben wie wir Amerikaner. Leute, bitte lasst mich vor.

Zwanzig Minuten, bis die Einheimischen endlich fertig waren. Ha, sie gingen noch, beide Karten, aber sie hatten bei 1000 Dollar eine Sperre. Wieso nicht mehr als 1000 Dollar? Es sollten doch angeblich 2000 möglich sein.

Gut, wir hatten etwa zweitausendfünfhundert Dollar für die nächsten Tage. In Guatemala konnte man dafür wahrscheinlich ein halbes Jahr überleben, in den USA kämen wir damit nicht einmal vier Wochen lang durch.

Noch dreieinhalb Stunden bis zum Weltuntergang. Und jetzt noch Tommy und Annabel wecken und nach Tikal fahren. Weltuntergang an den Pyramiden. Ein toller Titel für einen Roman, aber etwas zu pathetisch.

## Annabel

Was ging nur bei den Eltern ab? So früh schon so ein Geschrei? O.k. Wie sieht es draußen aus? Die Sonne schien wie jeden Tag – das Land begann ihr zu gefallen. Vielleicht noch ein paar gute Fotos von den Pyramiden und die Story mit dem verschwundenen Urgroßvater, da konnte man cool was auf der nächsten Party erzählen. Wo war das Handy?

Ja, Empfang. Supi. Ach nein, ich will keine Berichte über Atomwaffen. Was schreibt denn Linda?

*„Seit heute früh im Bunker 3. Alles übel gespenstisch dunkel. Du denkst, du bist in irgendeinem Alienfilm. Sie sagen, wir sind 50 Meter unter der Erdoberfläche. Es gibt kleine Kammern für Familien, aber eine Toilette für 50 Leute, mehr willst du nicht wissen. Ey, ich bekomme hier eine Nierenkolik, wenn ich nicht rechtzeitig kann. Ich will hier wieder raus. Warum sind meine Alten nicht einfach abgehauen wie deine?"*

Scheiße. Soll ich ihr schreiben, dass ich schon wieder auf einen schönen See schaue, die Sonne scheint und es mir gut geht?

*„Hi Linda. Echt Scheiße, das mit dem Bunker. Ich bin immer noch in diesem komischen Guatemala, was aber ganz o.k. ist. Papa macht schon wieder Stress. Für heute ist Pyramiden anschauen geplant. Hoffentlich ist es eine kurze Führung."*

## Carl

Flores war gar nicht weit weg von Tikal und das Taxi brauchte gerade mal eine halbe Stunde. Der Taxista wollte nicht auf uns warten, aber um zehn nach 12 Uhr kam man mit dem normalen Bus zurück. Um kurz nach 12 Uhr! Um 12 Uhr lief das Ultimatum ab. Noch eineinhalb Stunden. Bitte lieber Gott, lass diesen Sturkopf von Präsidenten vernünftig werden.

*Reserva natural Maya*. Logischerweise keine Touristen weit und breit, aber die Nationalparkwächter saßen ganz normal vor ihrem Besucherzentrum und taten ihren Job.

„Sí, está allí al final de este camino, aproximadamente a 300 metros, pero no hay mucho que ver. Nosotros vigilamos toda el área, no habiá robos, pero como nadie hizo nada, es más o menos una ruina."

„Was hat er gesagt?"

„Uropas Häuschen ist da vorne, aber es ist eine Ruine"

Annabel grinste mich überlegen an und lief los. Ja, sie lernte schon seit drei Jahren Spanisch in der Schule und ich hatte es als Kind in Schottland nie gehabt. Ich hatte es mir selbst ein bisschen beigebracht, aber mehr als ein paar Phrasen verstand ich nicht. Na warte, wenn wir noch einmal nach Edinburgh kommen sollten… ich werde dich so mit Gälisch zutexten, dass dir Hören und Sehen vergeht. Leider hatte Mutter das Haus nach Vaters Tod verkauft und war zurück zu Tante Mary nach Hastings gezogen, aber man konnte ja mal einen Abstecher machen …

„Carl, mit wem redest du?"

„Ach, nichts."


„Uropas Häuschen" war längst keine „Forschungsstation" mehr, es war wirklich nur noch eine Ruine. Bei den beiden An-bauten waren die Dächer eingebrochen und beim Haupthaus hing die Tür aus den Angeln, die Fensterscheiben waren zer-brochen und die Treppenstufen zur Tür waren genauso über-wuchert wie das ganze Gebäude. Wir waren sprachlos.

„Wow! Das ist ja wie bei einer Schatzsuche!", rief Tommy und betrat die erste Treppenstufe, die sofort unter ihm zusam-menbrach.

„Schatz, sei vorsichtig, bleib stehen", rief Fiona. „Das ist doch alles morsch."

Unsicher blieb Tommy stehen und sah von Fiona zu mir. Ich musste wohl mal eingreifen und testete die zweite Stufe. Sie knarrte und brach unter mir durch. Scheibenkleister. Die dritte hielt mich und ich stieg auf die kleine Veranda vor der Tür. Dicke ausgebleichte Balken lagen unter mir.

„O.k. Die dritte Sprosse hält und hier oben kann man stehen. Ihr könnt kommen."

Tommy kam sofort hinterhergeschossen, Annabel und Fiona setzten sich nur zögernd in Bewegung.

Die Tür konnte man zur Seite schieben und innen sah es aus wie in einem Film über Geister, Vampire und Hexen. Jede Menge Spinnweben, umgestürzte Stühle, Regale mit verstaubten Büchern …


## Tommy

Das Haus war genial, fast wie das Haus der Zombies in Fortnite new. Einfach cool.

„Mama, ich brauch' mein Handy. Ich will das alles fotografieren."

„O.k."

Abgefahren. Und wo sind jetzt die Hinweise auf Uropas Versteck? Da hingen doch jede Menge Zettel an dieser Pinwand. So ein Mist, alles vergilbt. Gleich alles aufnehmen und später ranzoomen. Uropa, wir kriegen dich. Ich hab' noch jedes Exit Game geschafft, gut, das für Fortgeschrittene nur mit Hilfen."

„Was ist mit den Büchern? Ist irgendeins markiert?"

„Tommy. Was machst du da? Lass die Bücher in Ruhe." Mama nervte schon wieder. Man musste doch alles durchsuchen.

„Ich suche nach Nachrichten. Uropa hat uns bestimmt irgendwo eine Nachricht hinterlassen."

„Schau mal, Tommy. Hier ist ein Bild von Uropa."

Geil. Uropa, genau wie auf den Bildern zu Hause, mit seinem weißen Bart und seinem faltigen Gesicht. Er sitzt an einer Pyramide und hebt die Arme. Was hat er darunter gekritzelt? *Follow me?*

Ja, vielleicht war das der Hinweis. Wohin zeigen die Arme? Hm, er hat sie ja komisch nach hinten verdreht.

„**Aah! Scheiße!**"

Annabel schon wieder. Hat sie eine Vogelspinne gesehen? Ich will sie auch sehen.

„Aah! Wo ist sie hin? Das war eine Kakerlake. Ich will hier raus. Das ist hier alles alt und eklig und stinkt. Was wollen wir denn hier?"

„Wir suchen Uropa McLoard."

„Hör auf mit dem Quatsch, du Dummy. Wir laufen doch nur vor den Atombomben weg."

„Was?"

„Du checkst echt auch gar nichts. Unsere Eltern fahren nur hierher, weil sie denken, die Chinesen oder die Russen schießen mit Atombomben auf uns. Und statt in den Bunker zu gehen, fahren wir quer durch irgendwelche popelige Länder und schauen uns dieses verrottete Zeug an. Du checkst doch einfach nie was."

„Du blöde Ziege, du Dumpfbacke, du Loserin. Was meinst du, warum du keinen Freund hast? Dich will doch keiner mit deinem doofen Pickelgesicht!!"

„Du … du Rattenkopf. Ich krieg dich. Ich kratz dir die Augen aus. Ich …"

# Fiona

Man konnte am Rand des Grand Canyon stehen und die Kräfte der Natur bestaunen, man konnte im Urlaub am Strand von Malibu liegen und den Sonnenuntergang über dem Meer bewundern, man konnte das herrlichste Essen im Drei-Sterne-Restaurant serviert bekommen, diese beiden Kinder würden immer und überall einen Grund finden, sich zu streiten.

„Hört endlich auf euch zu streiten! Hier ist offensichtlich schon seit Jahrzehnten niemand mehr gewesen. Wir haben nur noch eine Stunde bis zwölf, also lasst uns doch noch wenigstens die Pyramiden ansehen. Kommt mit."

Ich schaffte es mal wieder mit der Ablenkungsmasche. Sie trabten mehr oder weniger wieder friedlich hinter uns drein. Die Masche funktionierte in letzter Zeit immer schlechter. Annabel hatte das mit der Ablenkung längst gecheckt. Aber sie wollte scheinbar auch die Pyramiden sehen, Selfies machen und die Bewunderung aller einfahren.

Die Pyramiden sahen aber auch toll aus. Ich dachte immer es gäbe nur eine Pyramide, aber da standen sich ja gleich zwei gegenüber. Und dazwischen eine Wiese. Keine Touristen. Kein Wunder, nur noch zehn Minuten bis zum angeblichen Weltuntergang.

Tommy raste sofort eine Pyramide hoch.

„Uropa, wir sind hier! Wo bist du?"

Er war glücklich. Es war immer wieder schön, ihn so strahlen zu sehen.

„Such ihn, Schatz, vielleicht hat er sich irgendwo versteckt."

„Mama, jetzt glaubst du wohl auch noch an den Scheiß."

„Ach, lass ihn doch, Annabel. Willst du nicht ein paar Fotos machen?"

„Weiß nicht. O.k. Kannst du mich mal vor der Pyramide fotografieren, so dass es so aussieht, als ob meine Hand die Pyramide trägt?"

„Gut, dann stell dich mal da vorne hin. So, jetzt die Hand nach oben. Weiter nach links. Jetzt. Das wird ein bestimmt ein super Bild."

„Zeig mal her. Oh, nee, Mama, da hängt doch mein Haar so ins Gesicht. Das sieht doch Scheiße aus."

„Annabel…"

„Na ja, ist schon o.k., ich schicke es ab. Ach Scheiße noch mal! Was für ein Schrottnetz! Es geht nicht. Das Verschicken geht nicht, Mama! Das gibt's doch nicht. Vorhin ging's doch noch."

## Carl

Ich sah auf die Uhr. 12 Uhr! Das Ultimatum war abgelaufen und nichts passierte. Die Vögel zwitscherten und aus dem Schatten der Bäume strolchte eine Gruppe Nasenbären auf mich zu und suchte am Boden nach den Essensresten, die die Touristen übriggelassen hatten.

Ich setzte mich auf die Stufen der Pyramide und zog das Brot heraus, das ich mir vom Frühstück aufgehoben hatte. Die Nasenbären kamen eiligst näher. Ich warf ihnen ein paar Brocken zu und sie hoben sie auf, steckten sie sich in die Backentaschen und sahen gleich wieder erwartungsvoll zu mir hoch. Putzige Tierchen. Ich blickte über die Wiese und die steinernen Monumente hinüber zu den großen Urwaldbäumen, dann wieder zu den Nasenbären. Es ging mir gut.

Diese Pyramiden waren fantastisch. Warum waren wir nicht schon längst hierhergekommen? Warum hatten die alten Mayas die Stufen nur so hoch gemacht? Kein normaler Mensch hatte so eine Schritthöhe, aber zum Sitzen waren sie ganz angenehm. Fünf nach 12. Check im Handy. Wo blieb der Weltuntergang? Handy? Kein Empfang. Schon wieder.

„Carl? Carl?"

Fiona schon wieder. Konnte man denn nie etwas in Ruhe genießen?

„Carl! Der Bus fährt gleich. Lass uns gehen!"

„O.k. Wo ist Tommy? "

„Tommy!"

„Hier! Hier oben. Hier ist bestimmt ein Geheimgang gewesen, damit der König immer verschwinden konnte."

Er stand oben in der Pyramide. Anders als die ägyptischen Pyramiden haben die Mayapyramiden eine Art Raum oben als Abschluss. Was für Zeremonien dort abgehalten wurden, wusste aber niemand so recht.

„Tomy, komm runter. Wir gehen."

„Aber …? Uropa McLoard?"

„Komm runter! Wir suchen ihn morgen weiter."

„Das sagt ihr immer und dann macht ihr es doch nicht."

„Doch. Ich verspreche es. Ich habe dir versprochen hierher zu fahren und wir sind hier. Aber der Bus fährt gleich und wir haben alle Hunger. Du auch, oder?"

„Nein. Ich will wissen, wo Uropa McLoard ist."

So langsam wurde es mir zu bunt.

„Tommy, wenn ich jetzt da hochsteigen muss, werde ich sauer, und dann spielst du die nächsten paar Tage kein Fortnite mehr, o.k.?"

„Fortnite new, das alte Fortnite spielen doch nur noch alte Leute."

Jetzt wurde der Knirps mit zehn Jahren auch schon pubertär.

„Komm jetzt sofort runter."

„Komm ja schon."

Wir erreichten den Bus nur noch im Dauerlauf. Außer uns waren nur noch ein Touristenpärchen und zwei Ranger im Bus. Annabel klagte dauernd nur über den miserablen Empfang im Reservat und wollte möglichst schnell zurück nach Flores und Tommy wäre am liebsten den ganzen Tag in Tikal geblieben. So war es bei uns immer und würde wahrscheinlich nie anders werden.

Ankunft in Flores. Oh mein Gott, die Straßen waren ja plötzlich voller Autos und voller Leute. Die Einfahrt zum Marktplatz. Da war eine riesige Menschenmenge vor der Bank und Polizisten errichteten eine Straßensperre. Gottseidank hatte ich heute früh Geld abgehoben. Der Bus stoppte.

„Papa? … **Oh Fuck! Oh Fuck!**"

„Annabel! Ich will nie wieder so ein Wort von dir hören! Hast du gehört? Nie wieder! Was ist denn los mit dir?"

„Mein Gott! Nein, Fuck! Nein, Scheiße!"

Sie starrte auf ihr Handy. Ich schaltete mein Handy an. Google News: Nichts. CNN ging nicht. ABC auch nicht, Yahoo? Auch nichts.

„Verdammt Annabel. Wo ist Google? Ich habe keinen Empfang."

„Geh auf „Guatemala.com."

„Was?" Scheiße. Ich verstand doch Spanisch nicht so gut.

Ich brauchte keinen Übersetzer. Man sah Flugzeuge, Raketen, Atombombenpilze. Und die Nachrichtenzeile. *Rusia.: Moscow, Wladiwostok., Kaliningrad, Nowgorod, China Bejing,*

*Shenzen, …EEUU (USA) San Francisco, Dallas, New York, Washington…*

Städte, Zahlen und immer wieder Explosionen. … *Europe: Warsaw, Berlin, London. Petersburg…*

Oh mein Gott, wie viele Städte …Fiona sah mich an. Sie fing an zu weinen. Ich umarmte sie und musste auch weinen. Wir wollten doch noch leben. Diese Scheiß-Politiker. Diese Vollidioten. Diese Verrückten hatten es tatsächlich getan.

Annabel heulte auch. Nur Tommy saß da und schaute interessiert auf die Bilder. Er hielt alles wahrscheinlich für ein tolles Computerspiel.

Der Bus stand. Auch der Busfahrer starrte auf sein Handy.

"Locos. Todos locos. María, madre Jesús, ayúdenos." Er nahm sein Kettchen mit dem Mariabildchen von der Spiegelaufhängung, drückte es an sich und fing an zu beten.

Es musste weitergehen, es musste irgendwie weitergehen.

„Fiona, wir steigen aus. Wir laufen die letzten Meter zum Hotel."

Die Familie folgte mir, alle waren wie betäubt. An der Rezeption lief der Fernseher. Nachrichten aus Guatemala City. Es sah nach Plünderungen und Schießereien aus. Wir schafften es in unsere Zimmer und probierten unsere Handys. Kein Empfang mehr. Wir schalteten den Fernseher an. Die amerikanischen Kanäle gingen alle nicht. Es gab nur Guatemala. Was war mit den anderen Ländern? Mexiko? Nur Rauschen. Das Bild aus Guatemala City wackelte, die Nachrichtensprecherin schaute starr auf den Teleprompter. Tränen kullerten ihr über die Wange, sie wischte sie weg. Sie stand auf und ging aus dem Bild. Sie ging einfach aus dem Bild. Da war niemand mehr. Das Bild erlosch.

Das Radioprogramm lief noch. Verdammtes Spanisch!

„Fiona, was sagen sie?"

„Sie wissen nichts, aber es sind sehr viele Bomben auf Russland gefallen und sehr viele auf China, aber auch in den USA und Europa sind viele große Städte getroffen."

„Wie viele Atombomben?"

„Sie sagen, es könnten 500 oder auch über Tausend sein, aber man kann nur schätzen."

Über Tausend! Selbst 200 würden reichen. Es war eine Frage der Zeit.

„Was ist, Papa? Wann können wir wieder zurück?"

„Annabel …"

„Was? San Francisco ist vielleicht zerbombt, aber sie haben nichts von Albuquerque gesagt. Ich will nach Hause." Sie hatte Tränen in den Augen.

„Annabel. Die radioaktiven Wolken breiten sich von San Francisco und Los Angeles über den ganzen Westen aus. Und dann fällt dieser Regen auf dein Haar und das Haar wird dir ausfallen und das Trinkwasser wird verseucht sein und jedes Stück Fleisch und jede Pflanze wird radioaktiv werden. Willst du wirklich dahin?"

Sie fing an zu heulen. Fiona sah mich strafend an.

„O.k. Annabel. Bis der radioaktive Regen hier ankommt, vergehen bestimmt ein paar Tage, wenn nicht Wochen. Bis dahin haben wir uns was überlegt."

Fiona schnaubte und ging dazwischen:

„Annabel, es gibt bestimmt Gegenden, wo keine radioaktive Wolken hinkommen."

Jetzt sah ich Fiona verwundert an. Hatten wir denn nicht ausgemacht, den Kindern im Falle des Falles die Wahrheit zu sagen? Die Wolken würden natürlich überall hinkommen und mit ihnen der Regen und die Radioaktivität. Der Wind kennt keine Grenzen. Gut, bis in die Südhalbkugel wird es vielleicht etwas länger dauern, aber wir waren hier ja noch nicht einmal am Äquator. Die Wolken von Tschernobyl hatten ihre radioaktiven Teilchen 5000 km weit getragen und dabei war das nur ein einziger Reaktor und keine hundert oder tausend Atombomben. Und selbst wenn die radioaktiven Teilchen uns wie durch ein Wunder nicht erreichten, der Staub, der in die Stratosphäre geschleudert wurde, wird sich schnell über die ganze Erde verteilen und es wird dunkel und kalt werden, nuklearer Winter. Vor 65 Millionen Jahren stürzte ein Meteorit auf die Erde. Er hatte ungefähr so viel Explosionskraft wie tausend Atombomben. Eine Katastrophe. 99% aller größeren Tiere starben aus. Die Menschheit würde das Gleiche jetzt ohne Meteorit schaffen. Wir konnten uns hier noch ein paar schöne Tage machen, aber mehr auch nicht.

„Annabel, wo gehst du hin?"

„In mein Zimmer. Ich kann euren Quatsch nicht mehr hören."

Sie ging ins Nebenzimmer und knallte die Tür zu.

„Carl?"

„Was ist?"

„Lass sie in Ruhe. Hör ihr doch mal zu."

Aus dem Nebenzimmer kamen Töne wie von einem Schluchzen.

„Du hast recht. Wo ist Tommy?"


## Tommy

Wow, was ging denn jetzt ab? Alle Erwachsenen waren voll abgedreht. Es war fast wie in Armageddon. Cooler Film, nur ein bisschen alt. Weltuntergang und alle regen sich fürchterlich auf und dann schicken sie eine Mannschaft los und retten die Welt.

Aber wo war Uropa McLoard? Er sollte doch die Welt retten. Na ja, sie würden morgen weiter nach ihm suchen. Die Pyramiden und das Haus von Uropa waren ja echt geil. Man musste nur noch den Geheimgang finden, wo er sich versteckt hatte. Na ja, aber wahrscheinlich war er ja wirklich tot und hatte nur den Schlüssel zu den Geheimgängen unter den Pyramiden irgendwo versteckt.

Fortnite new lief nicht mehr, er konnte nur Minecraft gegen sein Smartphone spielen aber das war ziemlich öde. Mal sehen, was die anderen machten.

Na super, Annabel flennt schon wieder, die alte Heulsuse, und die Eltern sitzen draußen auf dem Balkon und trinken Wein. Hoffentlich gibt es morgen wieder Empfang und man kann wieder spielen. Und dann musste man ja noch Uropa suchen.

„Papa, darf ich fernsehen?"

„Es gibt nur Radio, Tommy. Alles andere geht nicht."

„Ha, so ein Scheiß."

„Tommy!"

„Ist schon gut. So ein Mist. Dann lese ich halt. Hast du mein Fantomas-Heft?"

„Nein ich weiß nicht, wo es ist. Geh ins Bett, Tommy. Morgen ist ein neuer Tag."

*What have they done to the rain?*

Just a little rain falling all around
The grass lifts its head to the heavenly sound
Just a little rain, just a little rain
What have they done to the rain?

Just a little boy standing in the rain
The gentle rain that falls for years
And the grass is gone, the boy disappears
And rain keeps falling like helpless tears
And what have they done to the rain?

Just a little breeze out of the sky
The leaves nod their head as the breeze blows by
Just a little breeze with some smoke in its eye
What have they done to the rain?

Just a little boy standing in the rain
The gentle rain that falls for years
And the grass is gone, the boy disappears
And rain keeps falling like helpless tears
And what have they done to the rain
What have they done to the rain?

# Fiona

Es gab tatsächlich einen neuen Tag, den Tag nach dem Atomkrieg, „The Day After". Mein Gott, mein Kopf hatte auch Atomkrieg. Zwei Weinflaschen! Jeder von uns hatte eine getrunken! Das hatten wir schon seit zwanzig Jahren nicht mehr gemacht! Wo war Carl? Wo waren die Kinder?

„Fiona, kommst du? Wir sind beim Frühstück."

Sie saßen alle unten im Speisezimmer, als wäre nichts passiert. Allerdings waren sie die einzigen Gäste und statt der Bedienung stand nur der Rezeptionist am Büfett und lauschte dem Radio.

„Carl? Was ist los?"

„Keine Ahnung. Da war was über unseren Präsidenten. Der Holzkopf hat überlebt. Aber ich verstehe nicht alles."

„Du hättest einfach Spanisch lernen sollen", setzte Annabel hinzu. Aber statt wie immer böse zu sticheln, klang es eher traurig. Sie hatte dunkle Ringe um die Augen.

„Der Präsident hat gesagt, wir sollen nicht aus dem Haus gehen wegen den radioaktiven Wolken, am besten in den Bunkern bleiben. Er sagt, die Leute sollen ruhig bleiben, die Sonne würde schon bald wieder durch den Staub hindurch scheinen und sie sollten sich einfach so lange warme Sachen anziehen. Es würde Jahre dauern, bis alle Schäden repariert sind. Wir sollten um unsere Toten trauern, aber die Arbeit draußen von den Männern in Schutzkleidung machen lassen."

„So ein Idiot, so ein erbärmlicher Lügner! Er muss doch wissen, dass es Jahrzehnte oder Jahrhunderte dauern wird und dass niemand so lange im Haus bleiben kann und auch in keinem Bunker."

„Carl, beruhig dich. Wir schauen mal nach, ob es im Supermarkt noch Dosen gibt und decken uns damit ein. Wahrscheinlich kommen die Wolken ja doch nicht zu uns …"

„Aber Fiona..."

„Carl!"

Carl war manchmal wirklich schwer von Begriff. Dabei hatte ich doch gestern durchgesetzt, den Kindern von nun ab so lange wie möglich etwas vorzumachen, ihnen noch ein paar schöne Tage zu machen.

„Und wann fahren wir Uropa suchen?"

„Erst mal noch nicht, Tommy. Wir müssen erst noch ein paar Sachen organisieren.

„Das sagt ihr immer. Ihr habt es versprochen. Ich will zu Uropa!"

Annabel feixte: „Ja, Pech gehabt, Kleiner. Wenn die Welt schon untergeht, will ich jetzt erst mal zum Friseur. Meine Haare schauen nämlich ziemlich Scheiße aus."

„So sehen sie doch immer aus."

„Hört sofort mit eurem ewigen Gestreite auf. Es nervt. Also, gut. Papa wird noch mal Geld abheben, ich gehe in den Supermarkt, Fiona geht zum Friseur und du, Tommy, du kannst mit mir kommen. Vielleicht finden wir ja noch ein Fantomas-Heftchen. Ich fürchte allerdings, im Supermarkt gibt es nur spanische Ausgaben.

„Ich will zu Uropa."

„Wir fahren morgen wieder nach Tikal, o.k. Aber jetzt schauen wir erst einmal, wie wir alles so hinkriegen, dass wir die nächsten Tage gut überstehen. O.k.?"


Schon eine Stunde später war nichts mehr o.k. Der Supermarkt war geschlossen. Er war in der Nacht geplündert worden. Die Angestellten versuchten gerade, die verbliebenen

Produkte wieder aufzustellen. Ich lief zur Bank. Vor der Tür zwei Schwerbewaffnete und eine kleinere Menschenmenge, die die beiden anschrie. Ganz hinten stand Carl.

„Carl, was ist los?"

Der Geldautomat ist gesprengt worden und die Bank lässt seit zwei Stunden keinen mehr rein. Gottseidank haben wir gestern abgehoben.

„Wir gehen zurück zum Hotel. Das hat hier keinen Sinn."

Auch Annabel war schon im Hotel.

„Was ist mit deinem Haarschnitt?"

„Dieser blöde Laden hat nicht aufgemacht."

"Und wo ist Tommy?"

"Tommy? Ich habe gedacht, der ist bei euch."

„Nein. Der wollte doch seine Heftchen lesen."

„Sieht nicht danach aus. Das Bett ist gemacht und das Heftchen liegt oben darauf. Wo ist der denn hin?"

„Vielleicht sitzt er unten in der Rezeption?"

„O.k., Fiona. Ich schaue nach."

## Carl

Keine Bank, kein Supermarkt, na Gottseidank gab es das Hotel. Aber unten in der Lobby saß er auch nicht. Wo war er? Immerhin verstand der Angestellte Englisch.

„Entschuldigung. War mein Sohn hier?"

„Oh ja, Señor. Er war vor etwa einer Stunde hier und hat mich nach dem Bus gefragt."

„Bus? Wohin?"

„Nach Tikal. Ich dachte, Sie fahren heute noch mal nach Tikal. Der Bus … er sah auf seine Uhr … ist schon seit 20 Minuten weg. In zwei Stunden fährt der nächste, aber ich glaube nicht, dass heute überhaupt noch ein Bus fährt. Ist das wahr, dass die Wolken schon Mexiko erreicht haben und dass die USA bald ganz dunkel ist?"

„Ich weiß es nicht. Hat Tommy gesagt, wohin er gegangen ist?"

„Er hat gesagt, er fährt jetzt nach Tikal, zu seinem Uropa. Lustig, sein Uropa wohnt doch dort nicht."

„Er hat aber dort gewohnt."

Das konnte doch nicht wahr sein. War der kleine Kerl alleine in den Dschungel gefahren?

## Tommy

Bah, die anderen konnten ja in Flores bleiben, ich würde Uropa finden. Da war ja der Bus nach Tikal. Und der sollte gleich losfahren. Aber wieso waren denn da keine Leute drin? Und der Fahrer saß gemütlich da und rauchte eine Zigarette.

„Entschuldigung. Wann fährt der Bus nach Tikal?"

„Heute nicht, kein Bus, kleiner Mann. Keine Fahrt. Heute Welt kaputt."

„Ich habe Geld. Ich kann zahlen."

„Ich fahre heute nicht."

„Ich habe…" Ich musste nachsehen. „Ich habe 15 Dollar."

„Kleiner Gringo. Ich brauche dein Geld nicht. Es gibt nichts mehr zu kaufen, verstehst du? Die Welt ist kaputt. Kaputt, comprende, roto, totalmente roto. Was willst du in Tikal?"

„Ich will Uropa McLoard suchen."

„McLoard. Den Wissenschaftler?"

„Ja, mein Uropa. Kennen Sie ihn?"

„Nein. Aber meine Oma hat mir viel von ihm erzählt. Meine Uroma ist damals mit ihm verschwunden."

„Wirklich? Wohin?"

„Das weiß niemand. In den Himmel? Meine Oma hat immer komische Geschichten erzählt, dass ihre Mama immer wegging an Weihnachten, zu McLoard. Aber sie durfte nie darüber sprechen und meine Oma war immer sehr traurig an Weihnachten."

„An Weihnachten hat Uropa McLoard immer meinen Opa besucht. Vielleicht musste deine Uroma solange auf seine Sachen hier aufpassen?"

„Und dann ist meine Uroma einmal nach Weihnachten nicht mehr zurückgekommen. Sie war weg, wie McLoard."

„Vielleicht finden wir sie noch. McLoard kommt zurück und rettet die Welt. Vielleicht weiß er gar nicht, dass die Welt kaputt geht. Ich muss zu ihm. Ich muss es ihm sagen. Bitte fahren Sie mich doch nach Tikal."

„Und was ist mit deinen Eltern?"

„Die sind noch shoppen. Ich möchte so gerne vor ihnen da sein. Bitte!"

„Na gut, kleiner McLoard. Es ist eh schon alles egal. Und wenn du meine Uroma findest, dann bring sie auch zurück."

Eine halbe Stunde später war ich wieder in Uropas Hütte. Allein sah sie schon etwas gespenstisch aus. Egal. Jetzt war es Abenteuer pur. Es musste doch irgendwo einen Hinweis geben, wo er als letztes hingegangen war.

Dieses Foto mit dem darauf gemalten „Follow me" vor der blauen Pyramide. Vielleicht musste man das Foto irgendwie halten oder sich dahinstellen, damit man ihm folgen konnte?

# Fiona

Er war weg! Nach Tikal gefahren. Mein Gott, wie konnte Carl nur wieder so ruhig bleiben? Ein zehnjähriger Junge allein im Dschungel. Es gab kaum noch Jaguare, aber wenn er sich verlief und kein Wasser mehr fand? Er würde nie mehr nach Hause finden. Es gab giftige Spinnen, Schlangen und sonst welches Getier. Und da waren diese Cenotes, diese versteckten tiefen Wasserlöcher, in denen man schon Menschenknochen gefunden hatte. Verdammt noch mal, Carl!

„Carl! Wo bleibst du denn? Wir brauchen jetzt keine Tasche, wir müssen zum Bus! Annabel? Wo ist Annabel?"

„Ich bin schon unten in der Rezeption!"

Fünf Minuten später standen wir alle ratlos an der Bushaltestelle. Kein Mensch am Ticketoffice. Kein Busfahrer weit und breit.

„Er ist nicht mit dem Bus gefahren. Er ist irgendwo in der Stadt, Mama."

Ein Schnarchen. Woher kam das? Da drüben im Bus.

„Hallo. Ist da jemand?"

Das müde Gesicht eines Busfahrers tauchte zwischen den ersten Sitzen auf. Er öffnete das Fenster.

„¿Qué pasa?"

"Mi hijo, mi hijo se ha ido a Tikal, en autobús. Usted lo ha visto?"

"No, no,no. Hoy no hay servicio, closed for end of world. Entiende? Fin del world, sabe. No más autobuses. Todas las guaguas aquí."

"Pero ... ¿seguro?"

"Sí, sí. Ocho autobuses y todos aquí."

Ich schaute mich um. Sieben, es waren nur sieben Busse.

"Solo hay siete. Uno falta."

"¿Sí? Pero, esto es una locura. Nos sé, ¿quizas Alfredo…?"

"Tenemos que ir a Tikal también. Por favor, pagamos el doble."

"No, no, no. No puedo ir."

"¿Por qué no? Pago 20 dólares."

"No, lo siento, pero es que no lo puedo. Lo siento, Señora."

Ich ging auf ihn zu, wollte ihn anschreien, da sah ich sein Gesicht im Licht. Es war rot, und seine Augen waren auch rot. Er stank nach Alkohol. Er konnte wahrscheinlich wirklich nicht mehr fahren.

„Carl! Carl, wo gehst du jetzt schon wieder hin? Carl, was machst du?"

„Ich suche ein Taxi, was sonst? Komm mit!"

Manchmal war er doch zu etwas zu gebrauchen.

## Carl

Der Taxifahrer hatte 30 Dollar für die kurze Fahrt verlangt. Der volle Wucher, aber dafür hatte er versprochen, eine Stunde auf uns zu warten. Ich bezweifelte innerlich, dass er sein Versprechen wirklich halten würde, aber die Nationalparkranger waren ja noch mit ihren Jeeps da, also notfalls könnten sie uns nach Hause fahren. Wo war dieser missratene Sohn?

„O.k. Annabel und Fiona, ihr seht in Uropas Station nach und ich gehe zu den Pyramiden. Wer ihn zuerst findet, ruft den anderen an.

„Papa?"

„Ja?"

„Das Internet geht nicht. Wir können hier nicht telefonieren."

„Scheiße! O.k. Wir treffen uns in einer halben Stunde genau wieder hier."

Sie liefen los. Wo war Tommy?

Da war ja ein Ranger: Ich packte mein bescheidenes Spanisch aus.

„Hola, perdona. Mi hijo. ¿Dónde está?"

„¿Su hijo? Ah, sí, el chico que llegó solo. Fue al precinto de los pirámides hace media hora."

Das hatte ich auch ohne Übersetzung verstanden. Tommy suchte nach Uropa McLoard an den Pyramiden so wie gestern. Stur, wie er immer war, man konnte ihn kaum von etwas abhalten, was er sich in den Kopf gesetzt hatte. Hoffentlich war er nicht in den Dschungel gelaufen.

Da waren die Pyramiden. Und da vorne, unten auf der untersten Stufe der Sonnenpyramide, saß Tommy. Gottseidank. Na, der konnte jetzt was erleben.

„Tommy!"

„Papa. Schau mal, was ich gefunden habe."

„Tommy, du kannst doch nicht ohne uns alleine in den Dschungel gehen. Du kommst sofort mit uns!"

„Aber Papa, schau doch mal." Er drückte mir ein altes Foto in die Hand.

„Uropa war auf dem Foto so dagesessen und darunter hat er „follow me" geschrieben. Man muss bestimmt nur das Gleiche machen wie er."

„Tommy, du spinnst wohl! Du kannst doch nicht allein in den Dschungel fahren! Du kommst sofort mit nach Hause. Sofort!"

„Aber …, ich wollte doch nur Uropa McLoard suchen."

„Tommy, das ist sinnlos. Wir wissen im Moment nicht mal, was mit der Welt passieren wird und wir kehren besser nach Flores zurück und warten ab. Uropa läuft uns doch nicht weg. Wir können hier immer wieder herkommen."

„Du hast versprochen, dass wir Uropa McLoard suchen."

„Aber wir haben ihn doch schon gesucht. Wir haben sein Haus gefunden und wir können an einem anderen Tag nach ihm suchen. Nur jetzt ist wirklich ein ganz schlechter Moment."

„Es ist bei euch immer ein schlechter Moment. Ich will zu Uropa McLoard. Schau mal, so war er dagesessen."

Tommy lief zurück zur Sonnenpyramide und lehnte sich wieder an die Wand. Ich starrte auf das Foto mit der blauen Pyramide.

„Carl? Carl?" Fiona rief nach mir. Dieses Mal würde ich das Problem lösen, bevor sie käme.

„Bitte Papa, ich will nur mal so sitzen, wie Uropa gesessen war."

„Also gut. Aber dann kommst du mit. Versprochen?"

„Versprochen! Wo muss ich sitzen?"

„Ein bisschen weiter rechts."

„So?"

„Ja und jetzt musst du die Arme hochnehmen so ein bisschen wie ein Kreuz. Höher. Nein, nicht so hoch. So und jetzt mit den Handflächen an die Wand."

Uropa war natürlich größer gewesen und Tommy streckte sich so gut er konnte.

„So?"

„Ja, genau so war er dagesessen. So, jetzt ist es aber genug. Uropa McLoard wartet schon so viele Jahre, er kann auch noch ein paar Tage warten. Komm jetzt!"

„Aber Papa, da ist was an der Wand…" Weiter kam er nicht. Etwas flackerte. Ein unwirkliches blaues Leuchten umfing die Pyramide. Ich schloss unwillkürlich die Augen. Dann war alles wieder normal. Nur Tommy war verschwunden!

„Tommy? Tommy!" Ich rannte zur Pyramide. Tommy war gerade noch hier gesessen. Und plötzlich war er weg! Das war doch unmöglich!

„Carl, da bist du ja. Warum antwortest du denn nicht?" Fiona und Annabel bogen um die zweite Pyramide.

Wo war Tommy hin? Er konnte sich doch nicht unsichtbar machen? Mein Gott, er war von diesem Leuchten mitgenommen worden. Das hieß… Aber nein, das konnte nicht sein. Hatte Tommy die ganze Zeit recht gehabt? Es gab tatsächlich einen Weg zu Uropa McLoard?

„Carl, hast du Tommy gesehen?"

„Ja, er war gerade noch da, aber jetzt ist er weg. Er ist einfach weg."

„Was? Der spinnt wohl. Tommy, komm sofort wieder her! Annabel, halt den Taxifahrer auf!" Annabel stürmte los.

„Er stand hier … Er saß auf dieser Stufe und hat so getan, als wäre er Uropa McLoard und dann war er weg."

Fiona war sichtlich genervt.

„Warum lässt du ihn denn auch einfach weglaufen? Muss man alles selber machen? Tommy, komm jetzt raus. Wir gehen jetzt. Jetzt!"

„Fiona!"

„Ich habe genug von dem Quatsch. Tommy, komm sofort her!"

„Fiona!" Ich packte sie an den Schultern.

„Er ist nicht weggelaufen! Da war ein Leuchten und dann war er plötzlich verschwunden. Fiona, er saß da an der Pyramide und dann leuchtete die Pyramide und dann war er weg."

Ich ging zur Pyramide und tastete die Wand an der Stufe ab. „Irgendwas muss hier sein. Irgendein Eingang."

„Carl, jetzt spinnst du wirklich."

„Nein. Tommy ist weg."

Annabel kam zurückgelaufen, die Lippen zusammengepresst, die Augen sprühten vor Wut.

„Wo bleibt ihr denn so lange? Der Taxifahrer ist natürlich schon weg und die Ranger bleiben auch nicht mehr lange."

„Tommy ist weg."

„Aber du hast doch gesagt, er ist da. Ist er wieder weggelaufen?"

„Nein. Jetzt hört doch endlich mal zu. Er saß hier, genau hier an der Stufe und spielte UropaMcLoard und dann ... Wartet, wartet. Das Foto. Ich brauche das Foto. Schaut. Er hat sich hingesetzt wie Uropa. Und dann hat er den Arm gehoben und dann ..."

Ich griff an die Wand. Da waren kleine Vertiefungen, kaum sichtbar, sahen aus wie drei Löcher. Ich wollte hineingreifen, aber ich traute mich nicht.

„Er war so dagesessen und dann war er weg. Da sind drei komische Punkte an der Wand."

„Carl, das ist jetzt wirklich kein Spaß mehr."

„Das ist kein Spaß, verdammt noch mal. Wenn ich mich jetzt auch dahin setzte und ich bin auch weg, was macht ihr dann?"

„Du bist nicht weg."

„Und wenn doch?"

„Dann kommst du bestimmt wieder."

„Tommy kommt auch nicht wieder."

„Tommy! Tommy! Hör auf mit dem Quatsch und komm her!"

Fiona gab nicht auf. Sie glaubte mir nicht.

„O.k. Wenn ich nicht wiederkomme, kommt ihr dann nach?"

„Du bist ein Quatschkopf."

Meine Finger näherten sich den drei Einsenkungen. Scheiße, ich hatte Angst. Ich drehte mich um.

„Fiona, ich …"

## Fiona

Ein blaues Licht waberte auf, nur eine Millisekunde, und ich schloss kurz meine Augen. Wo war Carl hin?

„Mama, Mama!"

Selten, dass Annabel mich noch Mama nannte. „Wo ist Papa hin?"

Ich starrte auf die Stelle, an der er gerade noch gesessen war. Carl war weg. „Ich weiß es nicht."

„Tommy ist weg und jetzt ist Papa weg. Mama, ich hab' Angst. Lass uns hier weggehen."

„Und Papa und Tommy hier allein lassen?"

„Mama, ich will hier weg. Bitte, ich will hier weg. Das ist echt scary."

„Du bleibst hier."

Ich ging an die Pyramide. Drei Punkte, wo waren hier drei Punkte? Er hat an diese Punkte gegriffen und war weg.

„Mama! Bitte!" Annabel lief weg.

„Annabel, bleib sofort stehen!"

Ich war laut genug. Sie blieb tatsächlich stehen.

„Du kommst mit."

„Wohin?"

„Dahin, wo Papa und Tommy sind."

„Ihr seid doch alle verrückt. Du weißt doch gar nicht, wo sie sind." Annabel heulte fast.

„Ich weiß es nicht, aber ich lasse sie auch nicht allein."

„Dann bist du auch weg."

„O.k., o.k. ich weiß nicht, wo sie hin sind, aber diese Geschichte von McLoard stimmt vielleicht irgendwie doch. Und die Geschichte sagt, dass McLoard weggegangen ist und uns hilft, wenn wir in Not sind. Wir können hier auf den radioaktiven Regen und die Kälte warten oder zu McLoard gehen."

„Ihr spinnt doch. Ihr spinnt doch alle."

„Annabel, komm her!"

„Ich will nicht sterben! Ich will nicht sterben!"

„Ich auch nicht. Komm, wir gehen."

„Wohin denn?"

„Zu deinem Urgroßvater oder wer weiß wohin."

Ich zog sie zu mir. Sie zitterte am ganzen Leib. Ich atmete tief durch und hob die Arme. Die Hände an die drei Punkte.

Das blaue Licht umfing uns. Mit einem Mal sanken wir wie blaue Geister mit dem Stein, auf dem wir saßen, nach unten, während der tatsächliche Stein und die Pyramide über uns zurückblieben. Es wurde dunkel um uns herum, dann ein plötzlicher Ruck und ein stechend gleißendes Licht. Ich musste die Augen schließen, dann drehte sich alles um mich herum.

# Imagine

Imagine there's no heaven
It's easy if you try
No hell below us
Above us, only sky
Imagine all the people
Livin' for today

Imagine there's no countries
It isn't hard to do
Nothing to kill or die for
And no religion, too
Imagine all the people
Livin' life in peace

You may say I'm a dreamer
But I'm not the only one
I hope someday you'll join us
And the world will be as one

Imagine no possessions
I wonder if you can
No need for greed or hunger
A brotherhood of man
Imagine all the people
Sharing all the world

You may say I'm a dreamer
But I'm not the only one
I hope someday you'll join us
And the world will live as one

# Der erste Tag

## Fiona

„Fiona, Annabel, hier sind wir!"

Ich öffnete die Augen. Das blaue Licht flimmerte und verschwand. Ich stand auf. Neben mir erhob sich Annabel aus dem Sitz und starrte mit weit aufgerissenen Augen nach unten. Carl und Tommy standen in einer großen stahlblauen Halle schräg unter uns. Ein Surren hinter mir. Ich drehte mich um. Die Steinbank, auf der wir gesessen waren, fuhr in eine Art Kugel zurück. Ich wollte die Kugel berühren, aber eine unsichtbare Macht hielt meine Hand auf.

„Man kann nicht mehr zurück. Es geht nicht. Kommt herunter."

Eine Wendeltreppe führte hinunter in den Saal. Ich stieg ein paar Stufen hinab, wieder diese unangenehme Höhe der Stufen. Wer baute so etwas? Wo waren wir hier? Es war hell. Woher kam das Licht? Über uns war ein pyramidenähnliches Glasdach. Ein Prisma aus blauem Licht, man konnte nichts weiter erkennen. Ich lief die Stufen hinunter zu Carl und umarmte ihn.

„Carl, wo sind wir hier?"

„Keine Ahnung, wir haben auf euch gewartet. Da vorne scheint der Ausgang zu sein."

Wir liefen auf eine angedeutete ovale Tür zu. Kein Türgriff. War es wirklich eine Tür und wenn ja, wie sollten wie sie öffnen? Als wir auf zwei Meter herangekommen waren, glitt die Wand geräuschlos vor uns zur Seite und wir tasteten uns vorsichtig Schritt für Schritt nach draußen. Vor uns lag eine sonnenbeschienene Wiese, die nach etwa zwanzig Metern in einem Wald endete. Kein Dschungel, sondern ein Laubwald, fast wie zu Hause in Albuquerque. Ein ausgetretener Feldweg führte zum Dickicht und verschwand darin. Waren wir plötzlich wieder in den USA oder waren wir irgendwo anders auf der Erde hin teleportiert worden? Wohin?

Das Licht war so merkwürdig gelb, wie bei einem Film mit Weichzeichnung. War das hier ein Film? Träumten wir? Die Bäume waren wie bei uns zu Hause, aber einige der Sträucher und Blumen sagten mir gar nichts. Alles war grün, sehr grün. Also das war zumindest nicht New Mexiko im Sommer.

Etwas bewegte sich da vorne. Plötzlich stürzte ein junger Mann aus einem Gebüsch auf den Waldweg. Blonde halblange Haare, groß, etwa 1,90m, ein dunkles Gesicht, eine schwarze kurze Hose und ein braungrün geflecktes T-shirt. Er starrte auf sein Handgelenk und sah uns nicht. Er kam immer näher, redete mir seiner Hand. Eine Smartwatch?

„Berena, ich gebe auf. Komm raus. Du hast gewonnen."

Er lief weiter auf sie zu, hob zum ersten Mal den Kopf und erstarrte in der Bewegung. Er sah sie mit offenem Mund und großen Augen an.

„Wer seid ihr? Was macht ihr hier? Es ist Sonntag, heute arbeitet doch niemand hier."

Carl fing sich als erster: „Entschuldigung. Wo sind wir?"

Der junge Mann war jetzt direkt vor uns. Er hatte schwarze und braune Streifen im Gesicht, angemalt wie ein Soldat bei einer Übung oder ein Indianer auf dem Kriegspfad, aber das Gesicht schien weiß zu sein. Er musterte uns von oben bis unten und machte ein verständnisloses Gesicht.

„Wie seht ihr eigentlich aus? Was macht ihr für ein komisches Spiel?"

Er sah auf das Gebäude hinter uns. Wir standen vor einem großen ovalen Gebäude mit einem Pyramidendach. Dahinter ragten zwei weitere solche Gebäude auf.

„Oh mein Gott, ihr kommt aus dem Wandler. Das gibt's doch gar nicht."

Carl hatte sich als Erster wieder gefangen. „Wir kommen aus Tikal in Guatemala, aber eigentlich aus Bernalillo in New Mexiko. Wir waren an der Pyramide, aber dann kam dieses blaue Leuchten und plötzlich waren wir hier."

Er blickte uns mit Stirnrunzeln und schräg geneigtem Kopf an.

„Ich habe keine Ahnung, wovon ihr sprecht, aber ich muss Berena anrufen. Das ist ja verrückt, ich glaube, ihr kommt wirklich aus der Alten Welt."

Er drehte seine Hand und mit einem Summen erschien vor uns eine hübsche junge Frau mit langem gewellten Haar, ebenfalls mit braungrün geflecktem T-Shirt und brauner kurzer Hose. Ihre Umrisse waberten, eine Projektion.

„Berena, komm her. Das ist echt irre. Hier sind Leute aus der Alten Welt."

„Das ist ein Trick. Gib auf, du hast verloren."

„Nein, kein Trick, das ist total verrückt hier. Schau dir mal die Leute an."

Er drehte seine Hand und die Frau drehte sich. Sie musterte uns. Wie konnte eine Projektion sie sehen?

„Das ist ein wirklich blöder Trick."

„Nein. Berena, ich habe verloren, ja, ich gebe auf. Du hast gewonnen, aber komm her."

„2:0! Ich komme."

Er wandte sich etwas gedrückt wieder uns zu. „Ihr kommt doch wirklich aus der Alten Welt, oder?"

Ich wusste nicht, was ich sagen sollte. In diesem Moment zischte es über uns. Eine kreisförmige Plattform schwebte über dem Glasdache herunter. An einer Art Armaturenbrett darauf stand die junge Frau. Sie ließ die Plattform langsam auf das Gras herunter und stieg aus.

„O.k. Du hast nicht gelogen. Echt abgefahren. Wer seid ihr?"

Jetzt war ich auch angekommen. „Ich bin Fiona, das ist Carl, mein Mann, unsere Kinder, Annabel und Tommy. Und wie heißt ihr?"

„Oh, Entschuldigung. Ich heiße Berena."

„Und Sie?" Ich wandte mich an den jungen Mann.

„Oh, ach so, Entschuldigung, Torkan. Ich heiße Torkan, Torkan Stone. Berena, wir müssen einen Zehner rufen. Sie müssen uns sagen, was wir tun sollen."

Die Frau ging zurück zur Plattform und sprach irgendetwas in das Armaturenbrett.

„Was macht ihr mit uns?"

„Keine Ahnung. Ich habe noch nie Leute von der Erde gesehen. Ist es schön auf der Erde?"

„Auf der Erde? Mein Gott! Wo sind wir hier?"

„Ihr seid auf Gaia. Im Outer Park, aber keine Angst, wir sind noch innerhalb der Sphäre."

Berena drehte sich um und rief: „Torkan, wir sollen sie mitnehmen."

„Das geht doch gar nicht."

Die Frau kam zurück. „Doch, es sollen zwar nicht mehr als vier auf die Plattform, aber in Notfällen geht es auch mit sechs, es dürfen nur nicht mehr als 500 Kilo sein, aber die Kinder wiegen ja nicht so viel. Wir sollen langsam fliegen."

# Annabel

Kinder? Ich war doch kein Kind mehr. Was dachte die dumme Pute sich? Ich bekam die Augen nicht mehr von dem Typen. Torkan, komischer Name, aber voll die breiten Schultern, und aus dem T-Shirt ragten ziemlich kräftige behaarte Arme, dabei hatte er gleichzeitig einen irgendwie verträumten Gesichtsausdruck. Warum gab es an meiner Schule keine solchen Typen? Schade, die Bitch da schien seine Freundin zu sein. Aber geküsst hatten sie sich auch nicht gleich. Geschwister? Sie war braunhaarig, er blond. Sie schienen hier irgendwas gespielt zu haben. Geo-caching? Rollenspiele?

Fuck, und jetzt auf diese Scheißplattform. Eine kleine Reling, aber nichts zum wirklich gut Festhalten. Scheiße, es wackelt. Jetzt fall' ich auch noch auf Torkan. Buah, der Typ riecht aber ein bisschen sehr streng nach Schweiß. Ne, dann lieber doch ein bisschen weiter weg.

„Torkan, wo fliegen wir eigentlich hin?"

„Nach Metropolis. Die Zehner wollen euch sehen."

Das war ja ziemlich einsilbig. Wir flogen über scheinbar endlose Wälder.

„Was habt ihr da eigentlich im Wald gemacht?" Blöde Frage, aber was sollte es.

„Wir haben Verstecken gespielt."

Verstecken? Der Typ musste mindestens zwanzig sein und spielte Verstecken? Etwas geistig zurückgeblieben, der Gute? Schade.

„Ist Berena eigentlich deine Schwester?"

„Nein, nein, sie ist meine Frau. Wir sind schon seit einem Jahr verheiratet."

Na supi. Das war ja wieder wie überall. `Die guten Typen sind immer schon besetzt oder schwul´, würde Linda sagen. Ich war schon wieder down.

„Was ist das eigentlich, dieses Gaia?"

„Na, Gaia ist unsere Welt. Schau mal, die Felder! Wir sind nicht mehr weit von Metropolis."

„Metropolis. Ist das eure Stadt?"

„Ja. Du wirst sie gleich sehen. Sie ist toll."

„Hm". Toll. Welcher Hinterwäldler sagte denn noch ‚toll´? Na super. Wo war ich denn hier hingeraten?

„Eure Stadt, dieses Metropolis… Was geht da eigentlich so ab bei euch am Wochenende?"

„Das verstehe ich nicht."

„Na, habt ihr viele Bars, Diskos, Kneipen, Musik?"

„Diskos? Musik? Oh, ich verstehe, das Center, da spielen am Wochenende immer die Spacies. Die Spacies sind echt besser als die Crons. Kennst du die Crons?"

Er sah mich erwartungsvoll an. Dann änderte sich sein Blick.

„Oh, ich hab's schon vergessen, ihr kennt hier ja gar nichts. Schau, da vorne, da ist die City."


## Carl

Die Plattform bewegte sich fast geräuschlos über die Wald-landschaft, dann über Wiesen und Felder. Da unten, das waren Obstbäume, Getreide- und Maisfelder, alles wie zu Hause. Wo waren wir hier? In einer anderen Welt, einem Paralleluniver-sum? Einer anderen Zeit? Gaia, so nannten wir Geologen die Erde vor Millionen von Jahren. Waren wir in der Zeit zurückgereist? Oder in die Zukunft? Die Plattform näherte sich dem, was die beiden City nannten.

Die City hätte aus irgendeinem abgefahrenen Science-Fiction sein können. Die Gebäude waren rund, schüssel- oder kapselförmig, einige sahen aus wie überdimensionale Pilze, ein großes Gebäude in der Mitte war spiralförmig gerollt wie eine Schnecke. Da war fast nichts eckig oder quadratisch. Es gab keine Spitz- oder Flachdächer, nur ein paar der Kuppeln wiesen atriumartige Einbuchtungen in der Mitte auf. Ich wachte erst aus meiner geistigen Erstarrung auf, als Berena die Plattform schon langsam absenkte.

„Berena?"

„Ja?"

„Sind das die Häuser, in denen ihr wohnt?"

„Ja, natürlich. In den Pavillons" - sie deutete auf die Pilze – „arbeiten wir nur, aber manche sind auch schon darin eingeschlafen. Das da" – sie deutete auf die Riesenschnecke - „ist das Center. Gefallen Ihnen unsere Häuser nicht?"

„Doch. Sie sehen nur nicht so aus wie bei uns zu Hause. Berena, wo sind wir hier eigentlich?"

„Na, im Anflug auf Metropolis. Wir sind gleich da."

„Nein, das meine ich nicht. Gaia. Wo liegt Gaia?"

„Das verstehe ich nicht. Gaia liegt doch unter uns."

„Und wo ist Amerika? Wo ist die Erde?"

„Oh, die Erde, die ist sehr weit weg. Irgendetwas über 5700 Lichtjahre, aber die genaue Zahl habe ich vergessen."

Ich fröstelte plötzlich. 5700 Lichtjahre?

„5700 Lichtjahre! Aber…? Wie … Wie seid ihr hierhergekommen?"

„Wie meinen Sie das?"

„Ich meine, wir kommen von der Erde durch diese komische Pyramide. Und ihr?"

„Oh, wir sind alle hier geboren. Nur die Gründer waren aus der Alten Welt. Der Overlord wird sich freuen, wenn er euch sieht."

„Der Overlord?"

„Ja, wir sind sein Volk, sagt er immer. Er hat als einziger der Gründer überlebt."

„Ich verstehe gar nichts mehr. Ich glaube, ich muss hier noch viel lernen."

„Lernen muss man immer, lernen und forschen, das ist das wahre Leben."

Was für einen blöden Schülerspruch hatte diese junge Frau auswendig gelernt?

## Fiona

Diese Welt war verrückt. Man konnte doch nicht in diesen komischen Häusern leben. Und diese Pilze? Das war doch eine Mischung aus Schlumpfhausen und irgendwelchen komischen Science-Fiction Filmen, die ihr Mann so liebte. Die Blumen und Gärten dazwischen sahen ja recht hübsch aus, aber wie sollte man Regale an krumme Wände hängen? Unter ihnen liefen Menschen, die die Plattform nicht beachteten. Sie landeten mitten auf einem Weg und stiegen von der Plattform, die sich wie von Geisterhand gelenkt wieder erhob und über ihnen hinwegzischte.

„Da vorne ist das Center. Lasst uns gehen."

Die Menschen um uns herum starrten die Truppe verwundert an, blieben stehen, drehten die Köpfe nach uns, zeigten auf uns, tuschelten, aber liefen nicht auf uns zu. Diese Menschen, lauter junge Menschen, viele Kinder und junge

Erwachsene, keine Alten. Wir waren die einzigen Alten! Ich war 45 und Carl 48, aber hier schien niemand so alt wie wir zu sein. Und alle Menschen waren irgendwie schön anzusehen. Sie strahlten Zufriedenheit aus. Wo waren die Sorgenfalten? Hatten sie alle Alten umgebracht?

„Carl, es gibt hier keine Alten."

„Pst! Sie kann dich hören."

Berena lachte: „Ja, es ist schon komisch jemanden zu sehen, der nicht aufgefrischt ist. Warum haben Sie das nicht machen lassen?""

„Aufgefrischt?"

„Ja, oder gibt es auf der Erde noch keine Repro?"

„Repro?"

„Ja, die Zellreprogrammierung. Sie brauchen unbedingt eine. Wir sind da."

Ich brauchte unbedingt eine Zellauffrischung? Ich sah doch noch ganz gut aus für meine 45 Jahre. Ich fasste mir unwillkürlich an meine Augenwinkel. Ja, Krähenfüße, aber das hatten doch alle, und ich war doch stolz darauf, nur fünf Kilo seit Tommys Geburt zugenommen zu haben. Da sahen andere Frauen schon ganz anders aus.

Wir standen vor dem großen schneckenförmigen Gebäude. Berena schritt auf ein schwarz umrandetes Oval zu, das sich zu allen Seiten hin öffnete.

„Kommt!"

Das Innere erinnerte an einen mittelalterlichen Speisesaal. Dunkler Holzboden, dunkle Holztische, auf den Tischen silberne Leuchten und merkwürdige ovale Spiegel. Der große Tisch am Stirnende war leer, aber von der Empore dahinter erhob sich jemand. Ein Mann in einem blauen Gewand mit einem goldfarbenen Stirnreif. Er hob leicht die rechte Hand auf die Höhe seiner Schulter. Torkan und Berena machten es ihm nach.

„Willkommen, meine Freunde."

Keine Reaktion. Wir starrten ihn alle nur an.

„Aber das sagt man doch so auf der Erde, oder?"

„Ja", fuhr Tommy auf. „Sind sie ein Prinz?"

„Was?" Der Mann schien völlig verblüfft zu sein. Berena und Torkan prusteten los und kicherten in sich hinein.

„Nein, nein, so etwas gibt es hier nicht. Ich bin nur ein Zehner."

„Und was ist ein Zehner?"

„Tommy!"

„Ist schon gut. Kein Problem." Der Zehner lächelte, dann wandte er sich den beiden Kichernden zu und blickte sie strafend an.

„Habt ihr ihnen denn gar nichts erzählt?"

Torkan senkte schuldbewusst den Kopf. „Oh, Entschuldigung, aber wir waren selbst so überrascht. Wir wussten doch gar nicht, wie wir uns verhalten sollten."

Der „Zehner" wandte sich wieder Tommy zu: „O.k. Pass auf, junger Mann. Ein Zehner kümmert sich um die Verteilung der Ressourcen, eh, der Sachen, die zur Verfügung stehen. Und er organisiert alles, was für den Fortschritt und die Zufriedenheit der Menschen nötig ist."

„Könnte man da nicht noch mal über die E-mikros für die Laurasia-Expedition reden?"

„Berena Lamp. Du weißt, dass die Beratungen abgeschlossen sind."

„War ein Versuch. Wo wir doch so tollen Besuch mitbringen."

„Ein Nein bleibt ein Nein."

„Jetzt hast du verloren, Berena. Aua!"

Torkan hielt sich den Kopf. Ich hatte überhaupt keine Bewegung Berenas gesehen. Sie starrte ihr nur grimmig an und er starrte zurück."

„Berena und Torkan, könntet ihr bitte draußen weiterspielen? Ich würde mich jetzt gern diesem Besuch widmen."

„Komm Berena. Es war nicht so gemeint. Wir gehen schon. Macht's gut, Leute. Wir sehen uns später in der Stadt."

Unsere Begleiter verschwanden und wir standen alleine vor diesem merkwürdigen „Zehner".

„Entschuldigung, diese jungen Leute. Ich habe mich noch gar nicht vorgestellt. Mein Name ist Julien Branch."

„Fiona, Fiona Loard. Und das ist mein Mann, Carl und meine Kinder, Annabel und Tommy."

„Sehr erfreut und nochmals herzlich willkommen in Metropolis. Und Sie kommen wirklich von der Erde?"

Tommy konnte seinen vorlauten Mund einfach nicht halten. „Ja, wir waren vor der Pyramide und dann zog uns etwas nach unten und wir wurden von dieser komischen Kugel hier wieder ausgespuckt."

„Der Quantenwandler? Aber er ist doch kaputt, das kann doch gar nicht sein."

„Bei uns hat er auf jeden Fall funktioniert. Aber eigentlich wollten wir ja zu Uropa McLoard."

„Zu … McLoard? Zum Overlord? Uropa? Er … er ist ihr Uropa? Der Overlord ist ihr Uropa?"

Der Zehner geriet ins Stottern. „Aber…, aber er ist gar nicht hier. Er ist mit der Stardust unterwegs und kommt erst in drei Tagen wieder."

„Uropa McLoard lebt! Ich wusste es", jubelte Tommy.

„Aber …das kann doch gar nicht sein. Er müsste fast 150 Jahre alt sein", rutschte es Carl heraus.

„Ja, so alt ist er, glaube ich. Ich muss ihn gleich verständigen. Er wird sich freuen, dass seine Familie gekommen ist. Er ist bald wieder hier. Die Stardust ist nach Vicinity geflogen, zum ersten Mal ins nächste Sonnensystem. Es gibt eine große Feier, wenn sie zurück sind."

„Er ist 150 und fliegt mit einem Raumschiff!" Carl konnte es immer noch nicht fassen.

Der Zehner sah mich fragend an, dann musterte er Carl und mich.

„Sie haben keine Repro auf der Erde, oder?"

„Nein." So ein Mist. Woher wusste er das? Sahen das hier alle sofort?

„Sie sollten zuerst ins Gesundheitshaus gehen und eine Repro machen lassen. Man weiß nie, welche Krankheiten einen plötzlich befallen. Ich sage dort Bescheid. Hm, und ich glaube, sie brauchen jemanden, der sie mit dem Leben hier vertraut macht."

Er berührte seinen Stirnreif, die Stelle leuchtete rot auf und eine junge hübsche Frau mit dunkelblonden, nach hinten geflochtenen Haaren erschien vor ihm.

„Janina, komm bitte ins Zentrum. Wir haben Gäste."

„Ich weiß. Ganz Metropolis spricht schon davon."

„Kann ich mir denken."

Das Hologramm erlosch.

„Sie wird einen Moment brauchen. Haben Sie Hunger oder Durst?"

Zum ersten Mal verspürte ich Hunger. „Ja."

„Das dachte ich mir schon. „Carlota, bring unseren Gästen etwas zu essen."

Zu wem sprach er? Wie? Man sah kein Mikro, kein Headset, nicht einmal einen Ohrstecker. Wahrscheinlich sprach er durch den Stirnreif.

70

Plötzlich trat eine kompakte, etwa 1,60m große Frauenfigur aus einer der ovalen Türen heraus. Carlota sah aus wie ein Mensch, aber sie hatte vier Arme und auf jeder Hand jonglierte sie einen Teller mit etwas Dampfendem. Der Roboter schritt an einen der Tische und platzierte die Teller im Quadrat.

„Essen Sie. Janina kümmert sich inzwischen um ein Haus und einen Rob."

Ich hatte Hunger. Was das auch war, es roch nach Gebratenem. Es gab Gabel und Messer und verschiedene dampfende Gerichte. War es das, was ich dachte? Nein. Ich werde mich jetzt nicht darauf stürzen. Wer weiß, was ich da aß.

„Was ist das?"

„Bülonsteak mit Kartoffeln und gekochtem Gemüse."

„Bülonsteak?"

„Oh, sie sehen angeblich ein bisschen aus wie Büffel, sehr schmackhaft."

Es roch köstlich. Mir lief das Wasser im Mund zusammen. Tommy konnte sich bereits nicht mehr halten und lud sich die Kartoffeln auf seinen Teller.

„O.k."

Es war ein Festmahl. Bülon schmeckte wie ein zartes Kalbssteak, die Kartoffeln zergingen auf der Zunge und beim Gemüse hatte man die Wahl zwischen Rotkohl und Spinat. Es gab Erdbeeren mit Schlagsahne als Nachtisch und wenn man - frech wie Tommy - Carlota fragte, gab es sofort süßen Nachschlag.

Eine halbe Stunde später war Julien mit dieser Janina wieder da. Eine schlanke, sportlich wirkende Frau in einem hellroten luftigen Kleid, die uns sofort anlächelte und die rechte Hand zum Gruß hob. Sie trug nun ebenfalls einen Stirnreif.

„Der Overlord wird erst am Mittwoch wieder hier sein. Aber er freut sich schon darauf, Sie zu sehen. Janina kümmert sich solange um Sie."

# Carl

Janina führte uns durch die Straßen von Metropolis. Diese Stadt war fantastisch. Die Gebäude, die Wege, die Menschen. Sie starrten einen an wie einen Außerirdischen, aber liefen dann doch langsam an einem vorbei. Es gab keine Menschentraube, alle hielten sich zurück. Gab es hier Strafen für Gaffer?

Janina bemerkte meinen Blick und lächelte. „Sie platzen alle vor Neugier, aber wir haben ihnen mitgeteilt, dass sie Sie in Ruhe lassen sollen." Sie blieb in einer Straße am Rand der Stadt stehen.

„So, das hier ist Ihr Haus. Gefällt es Ihnen?"

„Es ist ... unbeschreiblich."

Das war es wirklich. Von außen ähnelte es entfernt einem fünfblättrigen Kleeblatt mit einem verstärkten Zentrum. Darüber lag eine kleinere zweite Etage, die wie ein Stern aussah und damit nach außen fünf kleine Balkone freiließ. Dazu rechts neben dem Haus ein halbkugeliger Wintergarten, der in einen gepflegten Rasen überging.

„Wow! Wie ... Wem gehört denn das Haus?"

„Der nächsten Familie, die ein Kind bekommt. Da Sie bereits zwei Kinder haben, natürlich Ihnen."

„Was? Uns? Das können wir nicht annehmen."

„Gefällt es Ihnen nicht? Ich habe vor ein paar Jahren ein ähnliches entworfen, bevor ich in den Physikpavillon gewechselt bin."

„Doch, doch, es ist sehr schön, wundervoll. Aber verstehen Sie, unser Geld ist auf der Erde, im Hotel. Wir können hier nichts bezahlen. Wahrscheinlich akzeptieren Sie hier noch nicht mal Dollar."

„Tut mir leid, aber ich verstehe Sie nicht."

„Na, wir können die Miete nicht bezahlen. Was kostet denn so ein Prachtstück?"

„Miete? Geld? Oh, warten Sie. Das gab es auf der Erde, das stimmt. Entschuldigung, Geschichte war nicht immer mein Lieblingsfach. Geld sollte eine Art Tauscheinheit für Dinge und für eine Leistung sein, die ein Mensch erbracht hat. Etwas, das nie richtig funktioniert hat und zu sehr viel Streit und riesigen Ungerechtigkeiten geführt hat. Nein, das haben wir hier nicht."

„Sie haben kein Geld.? Aber wie bezahlen Sie denn dann? Bargeldlos? Mit Karten? Online-Banking?"

Janina sah ihn verzweifelt an. „Tut mir leid, ich …"

„Na, wer hat denn das Haus gebaut? Wer hat die Maurer bezahlt? Die Zimmerleute? Die Architekten?"

„Ich verstehe das mit dem „bezahlt" nicht, aber das Haus haben die Robs gebaut und die Architekten haben es sich ausgedacht und konstruiert."

„Und was haben die Architekten dafür verlangt?"

„Dafür verlangt? Aber warum sollten sie denn dafür etwas verlangen?"

Fiona fuhr dazwischen: „Carl, jetzt gib endlich Ruhe. Wir wollen uns das Haus ansehen."

„Aber …". Ich gab auf. Eine Welt ohne Geld. Verrückt. Wie war das möglich? Wie bezahlte man die Arbeiter? Wie bekam man Leute zur Arbeit, wenn man ihnen kein Geld dafür bot? Arbeiteten die Leute freiwillig?

# Fiona

Das Haus war innen noch fantastischer als außen. Es gab ein riesiges, sonnendurchflutetes Wohnzimmer mit Tischen und Sesseln und Sofas wie zu Hause. Und eine Küche, in der ein Mann sie erwartete.

„Willkommen in Ihrem Zuhause, Familie McLoard. Ich bin Ihr Rob. Wie wollen Sie mich nennen?"

„Du bist ein Roboter?"

„Mein Name soll in Zukunft ‚Ein Roboter' sein? Bestätigen sie das?"

„Nein. Kommando zurück. Was meinst du, Carl? Wir hatten mal eine Haushaltshilfe, die hieß Maria."

„Das ist aber ein Mann."

„Nein, ein Roboter."

„O.k. Wie wäre es dann mit Marius statt Maria?"

„Ja, Marius. Du sollst Marius heißen."

„Bestätigen sie ‚Marius'?"

„Ja. Marius. Marius, kannst du kochen?"

„Ja. Ich bin ein Haushaltsroboter. Ich übernehme alle im Haushalt notwendigen Arbeiten wie Besorgung der Lebensmittel, kochen, putzen, waschen, trocknen und Entsorgung jeglichen Abfalls."

„Ich bin im Himmel. Ich gehe hier nie wieder weg."

„Wollen wir uns die Küche ansehen? Wünschen Sie Änderungen…?"

Während Marius mir das Haus erklärte, fragte Carl Janina Löcher in den Bauch. Er kam scheinbar gar nicht darüber hinweg, dass es hier kein Geld gab.

Plötzlich ein Schrei aus dem Wohnzimmer.

„Hallo! Hilfe!"

Mein Gott, Tommy hing in einem Schacht mitten in der Luft.


## Tommy


Eltern babbelten einfach immer viel zu viel. Das Haus war doch einfach mega. Aber wie kam man in den ersten Stock zu diesen Sternenzimmern? Es gab keine Treppe! Nur der Schacht da hinten führte nach oben. Aber hier drin gab es keine Steigeisen, nichts. Draußen, da war doch eine Art Schalter gewesen. Drei gleiche Punkte. Genau wie bei der Pyramide. Und wenn man auf den obersten drückte?

Es hörte sich an wie ein starker Windsog. Cool! So was hatte ich schon mal im Fernsehen gesehen. Da flogen die Leute in so einer Glasröhre, als wären sie schwerelos. Und so was gab es hier. Geil! Ab in den Schacht. Wow, was für ein Sog. Eine Sekunde später schwebte er nach oben und stieg aus dem Schacht. Geil, einfach affengeil. Das musste er Luke und Gene zeigen. Die würden staunen. Und die Zimmer? Mega! Riesige Betten mit einem Monitor gegenüber... Wo war die Fernbedienung?

„Tommy!"

Annabel rief ihn.

„Annabel, komm hoch. Das musst du dir ansehen."

„Hey, wie bist du da hoch gekommen?"

„Stell dich einfach in den Schacht und drück auf den obersten der drei Punkte."


Einen Moment später war auch Annabel oben.

„Cool. Und wie kommt man wieder runter?"

„Ganz einfach. Drück bei den drei Punkten auf den untersten."

Ich hatte zwar keine Ahnung, aber wieder richtig geraten. Probieren geht halt immer noch über studieren. Der Luftstrom war wieder da, aber schwächer. Ich stellte mich in den Strom und sank langsam nach unten. Geil!

„Hey, und wenn man beide Knöpfe gleichzeitig drückt?", hörte ich Annabel noch sagen, dann verstärkte sich der Sog nach oben wieder, reichte aber nicht, um mich nach oben schweben zu lassen. Ich zappelte in der Luft. Scheiße. Blöde Annabel.

„Hallo! Hilfe!"

„Tommy, Liebling, was machst du da? Was ist passiert?" Mama lief aufgeregt auf den Schacht zu.

„Sieht man doch. Macht lieber was, statt rumzustehen."

Janina lächelte. „Das passiert, wenn man zwei Buttons gleichzeitig drückt. Der Lift weiß dann nicht mehr, was er tun soll." Sie beugte sich in den Schacht. „Notaus unten!"

Der Wind wurde schwächer und ich sank zu Boden.

„Geil. Habt ihr die Zimmer gesehen?"

## Fiona

Die Hausführung dauerte eine halbe Stunde, dann hatten wir das Wichtigste verstanden. Im Notfall konnten wir ja Marius fragen. Und wir konnten Janina anrufen, denn wir hatten alle so eine komische Art Smartwatch bekommen. Man musste nur den Namen des Anzurufenden sagen, dann wurde man mit ihm verbunden und ein Hologramm wurde von ihm

erstellt, wo er sich gerade befand, es sei denn, er hatte die Bild-
funktion abgeschaltet oder war außerhalb der Reichweite.

Es wurde langsam Abend. Marius hatte ein leckeres Abendessen zubereitet und wir saßen an dem großen Esstisch zusammen.

„Es ist unglaublich. Wir sitzen hier auf einem fremden Planeten, haben ein eigenes Haus und werden bedient. Heute
Vormittag waren wir noch mitten im Dschungel von Guatemala und um uns herum ging die Welt unter."

„Ich hab' es euch doch gesagt. Uropa McLoard hilft uns."

„Tommy, du warst unsere Rettung. Ich habe auch schon
nicht mehr daran geglaubt."

Carl schüttelte den Kopf. „Uropa McLoard ist noch am Leben. Wahnsinn. Er hat bestimmt eine Zellauffrischung bekommen. Wahrscheinlich sieht er auch ganz jung aus."

„Apropos Zellauffrischung. Papa und ich haben dort morgen früh einen Termin und ihr beiden…"

„Wir brauchen keine Zellauffrischung, wir sind noch jung!",
fuhr Annabel schnippisch dazwischen.

„Nein, aber … ihr seid ja Kinder und morgen ist Montag und
Kinder sollten …"

„Sag es nicht…" Annabel holte tief Luft und versteifte sich.

„Was denn? Was denn, Mama?" rief Tommy aufgeregt.

„Ihr müsst in die Schule."

„WAAS?"

„Alle Gaianer in eurem Alter gehen in die Schule. Also auch
ihr. Und Janina hat gesagt, ihr sollt morgen schon gehen, damit
ihr euch möglichst schnell eingewöhnt und aufholt, was ihr
verpasst habt. Sie geben euch ein halbes Jahr Probezeit in eurer
Altersstufe. Nur wenn es gar nicht geht, werdet ihr zu den

Jüngeren gesteckt. Aber sie geben euch alle Hilfe, damit das nicht passiert."

„Nee, Mama, keine Scheiß-Schule, auf keinen Fall schon morgen." Das war Annabel.

„Ey, ich will nicht wieder in die blöde Schule." Und das war Tommy.

„Ruhe! Wir sind hier ganz toll aufgenommen worden und ihr werdet euch morgen anstrengen und einen möglichst guten Eindruck machen, verstanden!"

„Wir haben doch gar keine Schulbücher, keine Stifte, gar nichts."

„Janina hat alles vorhin vorbeigebracht. Inklusive eurer Schuluniform", ging Carl dazwischen.

„Schuluniform? Ich raste aus! Ich raste aus!" Annabel setzte zu einem Wutanfall an.

„Papa macht nur wieder dumme Scherze. Nein, es gibt keine Schuluniform. Aber Janina hat ein paar Sachen in eurer Größe für euch gebracht, die ihr mal anprobieren könnt, damit ihr nicht gleich so auffallt."

„Na super. Schöne neue Welt!"

„Und das ist euer Stundenplan."

„Oh nee, so eine Scheiße."

„Annabel! Du hast ihn doch gar nicht angesehen."

„Brauch' ich nicht."

„Also meiner ist o.k.", meinte plötzlich Tommy mit dem Zettel in der Hand. „4 Stunden Sport, das ist voll fair. Was ist GWT?"

„Keine Ahnung. Ihr werdet es sehen."

„Annabel, hast du auch GWT?"

„Ja."

„Sechs Stunden vormittags und kein Nachmittagsunterricht. Echt cool. Haben die auch AGs? Gibt's da auch Fußball? Und Astro?"

„Ihr werdet sehen. Aber jetzt schaut mal oben, was für Anziehsachen Janina gebracht hat. Und so langsam ist es auch Zeit, ins Bett zu gehen."

# Der Zweite Tag

## Annabel

O.k., das Frühstück war echt lecker. Aber was die hier für Scheißsachen hatten. Ich zieh doch keinen Rock an. Das jeans ähnliche Teil war nur hässlich, kein cooler Riss, nirgendwo. Die Stoffhose war was für uralte Leute, nur diese komische Baumwollhose war super flockig und lag auch noch gut an, hatte so was von einer Jogginghose. Aber durfte man damit in die Schule? Das Hemdteil war auch voll übel, Karo ging ja gar nicht, aber der Sweater war echt kuschelig. Leider war das Ding blau. War die Schulfarbe hier blau?

Und die Schultasche? Sie war doch keine zehn mehr! Wo war ihre coole Schulhandtasche? Das Ding hier war graugrün und rechteckig, gefüllt mit allen möglichen Büchern, Heften, Stiften und dem ganzen üblichen Zeugs. Immerhin Riemen, so dass man es über die Schulter hängen konnte. Gottseidank hatte ich noch ein bisschen Kajalstift in meiner kleinen Handtasche, denn Janina hatte absolut nichts an Makeup mitgeliefert. Ich musste ihr unbedingt Bescheid sagen.

„Annabel! Tommy! Ihr müsst gehen!"

Mama. Warum machten Mütter immer so einen Stress? Ich bin doch alt genug, um zu wissen, wann ich gehen muss.

„Annabel!"

„Oh ja, ich komm ja gleich!" Scheiße, jetzt ist der Strich verrutscht, sieht doof aus. Weg damit.

„Annabel!"

„Ja, ich komm' ja schon!"

Noch einmal ein Blick in den Spiegel. Na ja, sah verdammt locker aus. Durfte man hier mit Sweater und Jogginghose in die Schule? Und wie sah das Wetter draußen aus? Da drüben, da liefen ein paar Typen mit Büchertaschen. Und mit Jogginghosen. O.k., sie lag nicht völlig falsch.

„Annabel, deine Schule fängt gleich an."

„Ja, ja."

Keine Wimperntusche, kein Makeup, nichts. Nada. Und so gehe ich jetzt mit dieser komischen Jogginghose in die Schule. Na bravo.


Acht Minuten später kam ich mit Tommy vor der Schule an. Weite Wege gab es hier wirklich nicht. O.k., also das war jetzt unsere Schule. Sah kein bisschen aus wie unsere Schule in Bernalillo. Natürlich rund mit ovalen Fenstern. Kann man hier nicht einfach irgendetwas Eckiges bauen? Und wie sahen die Jungs und Mädels hier aus? Viele Kleine, aber einige waren vielleicht auch so alt wie ich. Das Eingangstor sah ja krass aus, wie das Maul einer Schlange. Das Tor zur Hölle. Und wo zur Hölle ist jetzt meine Klasse?

Eine Lehrerin und ein Lehrer mitten in der Eingangshalle, die Kinder strömten auf beiden Seiten an ihnen vorbei. Sie warteten auf etwas. Unser Empfangskommando.

„Ach, ihr müsst die Neuen sein. Willkommen in der Schule. Ich bin Frau Sundown und du … du bist Tommy, nicht wahr? Du gehst mit mir in die 5a und du bist Annabel, stimmt's? Du gehst mit Herrn Featherman in die 9b."

5a? 9b? Was waren das für blöde Bezeichnungen? Ich war in der Senior High School und wehe, man steckte mich mit irgendwelchen Kids aus der Junior zusammen. Herr Featherman hatte vielleicht einen Schritt drauf. Also Luft eingesogen und rein in die Klasse.

81

# Tommy

Frau Sundown. Die hatten hier vielleicht alle komische Namen. Wahrscheinlich war alles ganz schrecklich. Also hinein.

Aber, ...das war ja eine ganz normale Klasse, mit Tischen und Stühlen, und mit Büchern! So weit, so gut. Wo setze ich mich jetzt hin? Alle starren mich an.

„Kinder, das ist Tommy Loard. Er ist neu hier und muss sich erst eingewöhnen und ich möchte, dass ihr ihm helft. Joshua, rück doch mal die Bank hinter dir an deine Seite. Du kannst Tommy helfen, damit er sich hier zurechtfindet."

Joshua stand auf und schob die Bank zu sich. Er war ein bisschen größer als ich und hatte dunkelbraune Haare mit hellbraunen Streifen. Sah irgendwie cool aus. Er grinste.

„Hi, setz dich. Wo kommst du her?

„Hi. Von der Erde."

„Echt? Du erzählst Quatsch."

„Nein, wir sind durch den Quantenwandler gegangen."

„Der ist doch kaputt."

„Na, ja bei uns ging er jedenfalls."

„Echt? Und warum seid ihr hier?"

„Weil die Erde kaputt ging."

„Wieso?"

„Joshua. Du solltest ihm helfen, aber nicht dauernd mit ihm quatschen. Ihr habt in der Pause noch Zeit genug."

„Wer weiß denn jetzt noch, wie man a-b mal a+b berechnet? Patrick?"

„Mit der binomischen Formel."

„Genau, mit der binomischen Formel und die schauen wir uns jetzt mal genauer an. Nehmt mal eure Hefte her."

Da war ich wieder, Matheunterricht wie bei uns zu Hause. Na super. Ich habe gedacht, hier sitzt man vor irgendwelchen abgefahrenen Computern, die das ganze blöde Zeug für einen ausrechnen. Es gibt noch nicht mal Tablets und Handys sind wahrscheinlich auch verboten.

„Tommy?"

„Ja, Frau Sundown?"

„Hattet ihr schon binomische Formeln?"

„Nein. Das heißt, ein Lehrer hat es uns mal in einer Vertretungsstunde erklären wollen, weil er gedacht hat, wir wären schon so weit, aber wir haben das, glaub' ich, nicht so richtig verstanden."

„Na, dann pass mal gut auf, das geht so …"

## Annabel

So, das war jetzt also meine neue Klasse. Das war aber eine echt kleine Klasse, keine 26 wie bei uns in der Senior High. Na ja, die Jungs sahen ja ganz o.k. aus und die Mädels… Scheiße, waren die hübsch. Aber es waren einige Jungs mehr als Mädels. ‚Gute Verteilung', würde Linda sagen.. Ups, alle starren mich an. Was soll ich denn jetzt machen? Wo soll ich mich denn hinsetzen? Verdammt warm hier. Bestimmt wurde ich gerade rot.

„Annabel ist neu hier und braucht ein bisschen Unterstützung. Jolie, könntest du ihr dabei helfen? Rück mal den leeren Tisch neben Kylie nach vorne, so dass Annabel neben dir sitzen kann."

„Den brauche ich aber für meine Tasche."

„Kylie!"

Das Mädchen in der letzten Reihe sah ein bisschen komisch aus. Sie war kleiner als der Rest, hatte sehr dunkle, glatte Haare, die lang und relativ ungepflegt an ihr herunterhingen. Sie erinnerte mich sofort an Linda.

Sie nahm ihre Tasche von meinem Tisch und Jolie lächelte mir zu. Eine superhübsche Bitch mit blonden, zu einem Zopf geflochtenen Haaren. Neben ihr sah ich bestimmt wie ein Mauerblümchen aus. Na supi.

„Du kommst von der Erde, sagen sie, stimmt das?"

„Ja, und?"

„Wie seid ihr hierhergekommen?"

„Weiß´ nicht."

„Das verstehe ich nicht."

„Ich versteh's auch nicht. Und, was läuft hier?"

„Physik. Da schau, das steht auf deinem Plan in der Innenseite des Mäppchens."

„Na supi."

„Was?"

Physik war noch nie mein Lieblingsfach gewesen, aber was Herr Featherman da abzog, war einfach abgefahren. Ich hatte das Wort Quantenphysik schon mal gehört, aber das war doch niemals Stoff für die High School. Es gab ein kurzes Erklärvideo mit einer Versuchsanleitung und dann eine Lichtquantenberechnung im Tablet oder was immer das war. Die Buchstaben und Zahlen auf dem Ding waren wie zu Hause, aber die Sonderzeichen sahen ganz anders aus: Kreise, Quadrate und Routen. So ein Scheiß. Wo war Ctrl, wo war Alt und Shift? Ich hatte keine Chance. Jolie musste mir dauernd helfen. So übel war sie gar nicht, lächelte immer noch, auch wenn mir dreimal der gleiche Fehler unterlief. Überhaupt war das die volle Streberklasse, keiner der irgendwie mal Quatsch machte. Na ja, doch, eine gab es.

„Herr Featherman, darf ich Musik hören?"

„Du kannst doch unmöglich schon fertig sein, Kylie."

„Doch."

„Kylie, zeig mir deinen Lösungsweg."

„Bitte."

Herr Featherman ging zu Kylie. „Gut, Kylie, du hast eine Abkürzung gefunden. Du darfst Musik hören." Kylie drückte auf ihre komische Smartwatch und nahm zwei Stöpsel aus ihrer Tasche. Alles wie Zuhause.

„Herr Featherman?"

„Jolie?"

Ich bin auch fertig. Aber ich helfe Annabel noch ein bisschen."

„Ist gut, Jolie."

O.k., das war auch nicht anders als zuhause. Es gab Rivalitäten. Kylie und Jolie konnten sich scheinbar nicht leiden. Und sie waren beide gut. Beide auf ihre Weise.

In der Pause wollten dann alle alles von mir wissen. Ich stand ständig im Zentrum und musste tausendmal von der Erde erzählen. Einerseits fand ich das ja ziemlich cool, andererseits aber auch ziemlich anstrengend. Vor allem musste ich dringend mal auf die Toilette.

Auf dem Rückweg hatte sich die Klasse etwas verteilt. Ein paar Mädchen spielten Volleyball und ein paar Jungs probierten sich an den Reckstangen aus. Die meisten starrten aber in irgendwelche Papers. Echte Streberschule. Nur Kylie saß alleine auf dem Boden am Rand des Pausenhofs und starrte vor sich hin. Sie erinnerte mich noch mehr an Linda. Ich ging zu ihr und beugte mich hinunter.

„Hi. Was machst du da?"

„Ich sehe mir die Welt von unten an. Lauter Beine. Wenn ich ein Amphib wäre, würde ich auch nur die Beine sehen. Setz dich doch."

Ich setzte mich. Man hatte wirklich einen ganz anderen Blickwinkel.

„Die Welt ist immer so, wie man sie wahrnimmt. Darum lebt jeder Mensch in einer anderen Welt."

Ich dachte nach. So dumm war das gar nicht. Aber auch ganz schön daneben, hier auf dem Pausenhof herumzuphilosophieren, während alle anderen spielten und sich unterhielten.

„Kylie, das ist voll gut, was du sagst, aber auch ein bisschen schräg, oder?"

„Das sagen sie alle. Aber sie schicken mich nicht fort."

„Wie? Sie schicken dich nicht fort?"

„Nichts. Es gibt Dinge, die man hört und nicht weiß und Dinge, die man weiß, aber nicht hört."

„Was? Das check ich nicht. Das hört sich echt crazy an."

„Das hat der Overlord auch mal zu mir gesagt, aber dann hat er gesagt, Menschen dürfen verrückt sein, nur nicht gefährlich verrückt. Magst du Musik?

„Hm, ja. Aber auf keinen Fall so dämliches Popzeugs."

„Popzeugs? Ach, egal. Die Roots spielen morgen Abend."

„Ich dachte, es gibt hier nur am Samstag Musik."

„Am Samstag? Die Spacies? Das ist doch keine Musik. Komm mal morgen Abend um 8 Uhr zum Kunstpavillon 3, wenn du Bock auf richtige Musik hast."

Die Pausenklingel. Uff, keine Physik mehr. Biologie, das klang schon besser. Reptilien – o.k., auch nicht gerade meine Lieblinge, aber besser als Quantenphysik. Das rotschimmernde Leguantierchen da vorne im Terrarium war doch echt putzig. Was hatte Kylie da für komische Sachen erzählt? Man konnte hier weggeschickt werden? Wohin denn? In das, was sie Außenwelt nannten?

## Tommy

Was macht man als Junge in der Pause? Na Fußball spielen. Geil, die spielen hier auch Fußball, nicht das doofe Kraftmeierfootball oder das todlangweilige Baseball. Nein, Fußball, so wie in Schottland, wo Papa herkam. Ich werde denen mal zeigen, wer Tommy, der Wirbelwind, ist. So, Junge, ausgetrickst und jetzt Flanke. Ja, wieso geht er denn nicht hin, der Idiot?

„Hey, spiel nicht so hoch! So hoch kann doch keiner springen."

„Ey Mann den musst du doch einfach nur reinköpfen."

„Was? Köpfen! Bist du bescheuert? Wo kommst du denn her?"

Nach einer kurzen Belehrung durch Joshua hatte ich das Spiel verstanden. Es gibt auf Gaia kein Köpfen, weil das angeblich zu gefährlich ist. Maximal Brustkorb oder Schulter ist erlaubt. Ansonsten war es eigentlich so wie bei uns. Allerdings ohne Abseitsregel. Und ohne Genöle. Das hatte ich erst gecheckt, als mir der eine Typ übelst auf die Ferse traf und ich ihn wütend anschrie. Er schaute mich doof an, gab mir den Ball und entschuldigte sich dann tausendmal. Niemand regte sich hier über Rempler auf, aber wenn einer zu heftig wurde, blieb der Gefoulte einfach mit verschränkten Armen stehen, bis ihm sein Gegenspieler den Ball wieder gab. Was nicht hieß, das hier nicht gefightet wurde. Echt geil. Die Jungs aus meiner neuen Klasse spielten saugut und die aus der 5 b waren auch nicht schlecht, aber wir waren klar besser. Ich war eigentlich so ziemlich der beste Fußballspieler der Junior High gewesen, na ja, außer Luke vielleicht. Aber Fußball interessierte in unserer alten Schule ja fast niemanden. Ey Dicker, der Typ hat mir den Ball abgenommen. Na warte!

Ah, diese blöde Pausenklingel. Immer wenn es gerade Spaß machte.

Was kam jetzt? Musik? Oh nein!

Danach noch Natur und Technik. Na das hörte sich doch schon besser an.

Und als Abschluss zwei Stunden Sport. Guter Tag. Also erst mal Musik.

„Tommy Loard, kannst du singen oder bis du schon im Stimmbruch?"

Oh Hilfe. Ich will nicht singen. Hilfe!

„Du kennst doch bestimmt ein paar schöne Lieder von der Erde."

Scheiße!

## Carl

„Bist du fertig? Janina kommt gleich."

„Ja, die Sachen, die die hier haben, sind echt schön wohlig und warm."

„Hm. Wie wir wohl anschließend aussehen?"

„Na so wie vor 20 Jahren. Dann muss ich dich ja gleich wieder aus Versehen anrempeln, damit du dich mal nach mir umdrehst."

„Ich habe dir schon tausend Mal gesagt, dass ich mich schon vorher nach dir rumgedreht hatte, aber du hast es ja nicht bemerkt. Ah, da kommt ja Janina. Na dann auf zur Zellauffrischung."

„Guten Morgen. Wie geht es Ihnen? Haben Sie gut geschlafen?"

„Wie im Himmel. Ganz toll. Aber wir haben ein bisschen Angst vor der Zellauffrischung."

„Wieso? Das wird ihnen gefallen, das gefällt jedem."

Die Zellreprogrammierung war tatsächlich das reinste Wohlergehen. Schöne säuselnde Musik, man lag auf einer Art warmen Steinblock und um einem herum summte leise irgendein so komisches Gerät. Es gab keinen Arzt mit einem weißen Kittel und einer ewig langen Spritze.

Die Enttäuschung folgte postwendend. „Fiona, ich glaube irgendwas hat nicht geklappt. Ich sehe immer noch so aus wie vorher."

„Ich auch."

Janina kam uns abholen. „Und wie fühlen Sie sich? Sie sehen so enttäuscht aus. Ist Ihnen die Repro nicht bekommen?"

„Na ja, vielleicht klappt das einfach bei uns nicht, weil wir von der Erde kommen. Wir sehen ja immer noch so aus wie vorher."

„Ja, aber das ist doch völlig normal."

„Was?

„Ja, ihre DNA ist natürlich repariert, aber die alten Zellstrukturen müssen ja erst Stück für Stück erneuert werden, das kann ein paar Tage dauern, bei manchen Organen ein paar Wochen."

„O.k. Das wussten wir nicht. Janina, wenn man immer wieder regeneriert wird, ist man doch praktisch unsterblich, oder?"

„Unsterblich? – Nein, das sind wir nicht. Es gibt natürlich Unfälle, einen Toten kann man nicht regenerieren. Vor zehn Jahren sind zum Beispiel zwei Biologen in der Außenwelt von Vanatis angefallen worden. Seitdem müssen alle in der Außenwelt spezielle Schutzwesten tragen. Wir versuchen natürlich, solche schrecklichen Unfälle zu verhindern, aber nein, unsterblich sind wir nicht."

„Passieren hier denn oft Unfälle?"

„Nein. Ich denke, dass in den letzten 50 Jahren bestimmt nicht mehr als 10 Menschen gestorben sind."

Fiona unterbrach mich: „Sie sind aber gestorben. Glaubt ihr denn an einen Gott?"

„Nein. Wir können natürlich viele Dinge immer noch nicht erklären, aber nein, wir haben hier keine Religion oder Götter."

„Die Kinder haben sich schon gewundert, dass kein ‚Religion' auf dem Stundenplan stand."

„Ich denke, sie werden sich schnell eingewöhnen. Wir möchten Sie Beide übrigens auch so schnell wie möglich hier integrieren. Oh, da kommt ja schon Okton."

Okton war ein etwas kleinerer, bärtiger Mann mit kräftigen behaarten Armen und Beinen, die aus seinen Shorts herausschauten. Er hob die Hand zum Gruß.

„Hallo. Ich habe schon viel von Ihnen gehört, Herr Loard."

Janina grüßte ebenfalls mit erhobener Hand. Ich hatte Mühe, mich an diesen Gruß zu gewöhnen, statt die Hände zu schütteln. Dabei hatte ich doch ewig lang den festen Händedruck geübt, um immer gleich am Anfang einen starken Eindruck auf mein Gegenüber zu machen.

„Okton ist Geologe. Sie haben doch auf der Erde als Geologe gearbeitet."

„Nun ja, ich bin, ich war … ich arbeite für das Kalifornische Erdbebeninstitut. Wir versuchen Erdbeben und Vulkanausbrüche vorauszuberechnen."

„Sehr interessant. Wie haben Sie das gemacht?" Okton hatte eine sehr tiefe kratzige Stimme, die gut zu seinem Äußeren passte. Er wirkte ein bisschen wie mein alter Geologieprof an der Uni, allerdings um einiges verjüngt.

„Na ja, hauptsächlich mit Seismometern, die wir nahe der Hotspots aufgestellt haben."

„Aber es gibt doch sicher auch außerhalb von Hotspots immer wieder Bewegungen, die zu Ausbrüchen und Erschütterungen führen können."

„Das ist wahr, aber die Mittel sind natürlich begrenzt."

„Das sagen uns die Zehner auch jedes Jahr. Kommen Sie mit, ich zeige Ihnen, woran wir gerade arbeiten."


## Fiona

Carl und dieser Okton waren weg und jetzt stand ich mit Janina alleine da.

„Tja, Janina. Und was soll ich hier machen? Eine Biologielehrerin, die keine Ahnung von der Biologie in dieser Welt hat."

„Nun, Biologie bleibt Biologie und in der Grundschule lernen die Kinder eigentlich nur die Tiere und Pflanzen innerhalb der Sphäre kennen. Die Außenweltbiologie kommt theoretisch erst in der 4. Klasse und erst in der 5. gibt es Exkursionen dorthin. Wie wäre es mit einem Praktikum in der 1.? Ich habe schon mit Frau Silberhaar gesprochen. Da drüben ist sie. Frau Silberhaar, hier!"

Frau Silberhaar hatte natürlich überhaupt keine silbrigen Haare, sondern war eine schlanke blonde Frau, die mindestens 1,80m groß war und neben der man sich sofort klein und unwichtig fühlte.

„Hallo, schön, dass Sie da sind. Kommen Sie doch mit. Die Schule ist da drüben. Tut mir leid, dass ich so schnell rede, aber ich wurde sehr kurzfristig informiert. Die Schule fängt gleich an."

O.k., eine Lehrerin, die es eilig hatte, das kannte ich zur Genüge. Also gut, ich würde mir diese Grundschule mal ansehen.

Eine halbe Stunde später war von Ansehen kaum noch eine Rede. Sobald Frau Silberhaar mich vorgestellt hatte, brachen die Fragen aus den Kindern nur so heraus. Wie die Erde aussah und wie ich hierhergekommen war und wie die Schule auf der Erde war und warum ich so komisch aussah und ob ich auch Kinder habe und, und, und. …

So viel anders schien die Schule hier auch nicht zu sein. Keine abgehobenen Tabletklassen in der Grundschule, sondern ganz normaler Unterricht mit jeder Menge Sachen zum Selbermachen. Die Kinder tobten in der Pause herum, die Lehrer tranken Kaffee im Lehrerzimmer und hatten fast die gleichen Fragen an sie wie die Kinder. Sie fühlte sich wohl. Sie musste sich an ein paar Sachen gewöhnen, wie die Roboter, die sich um Kaffee und Snacks kümmerten und die Tatsache, dass die Computer und Drucker immer automatisch lossummten, wenn man an ihnen vorbeilief, und leise fragten, ob sie einem helfen konnten.

„Gefällt Ihnen die Schule? Können Sie sich vorstellen hier zu arbeiten?" Ein dunkelhaariger Lehrer mit braunem Teint sprach mich an.

„Ja, aber dazu müsste ich natürlich noch sehr viel lernen. Ich finde diese Schule fantastisch, die Kinder sind ja so süß."

„Die Großen sind nicht mehr ganz so süß. Die in der 4b sind ganz schöne Schlitzohren."

Schlitzohren, das Wort hatte ich ja schon ewig nicht mehr gehört.

„Wieso, was machen sie denn so?"

„Gestern habe ich zum tausendsten Mal die Photosynthese erklärt und sie haben so getan, als hätten sie noch nie etwas davon gehört. Dann zweifelt man schon an sich selbst und versucht, ihnen alles noch mal ganz langsam zu erklären, und sie starren dich an und fragen dich so Sachen wie: ‚Wieso können die Pflanzen denn ohne Mund atmen? Warum laufen sie denn nicht einfach los und suchen nach Zucker? Die Blätter schmecken doch gar nicht süß. Zucker ist doch schlecht für ihre Zähne. Aber die haben doch gar keine Zähne. Wie können die fressen, wenn sie keine Zähne haben?' Und du verzweifelst und willst noch mal ganz von vorne anfangen, bis dann doch einer anfängt loszuprusten. Die haben mich ganz schön drangekriegt."

Allgemeines Gelächter. Ich schüttelte den Kopf. Ich war auf einem fremden Planeten und stand mit netten Kollegen im Lehrerzimmer und lachte und quatschte mit ihnen.

# Annabel

Die Schule war um zwei Uhr aus. Buh, war das anstrengend. Aber aufregend. Alle packten zusammen. Der Typ da vorne mit dem V-T-Shirt war echt süß. Und er hatte sich schon ein paar Mal umgedreht. Er hieß Arkan oder so ähnlich.

„Und, Annabel, was machst du heute Nachmittag? Bist du schon in irgendeiner Gruppe?" fragte Jolie beim Aufstehen.

„Ich weiß nicht. Welche Gruppen gibt es hier überhaupt?"

Jolie nahm ihren Caller, so nannten die hier ihre Smartwatch. „Schau mal, hier im Schulregister. Es gibt 25 Schulgruppen, aber für uns Ältere gibt es gerade mal 16 Möglichkeiten."

„In was für Gruppen bist du denn?"

„In Schulband, Volleyball und Schwimmen."

„Schulband. Was spielst du denn?"

„Klavier."

„Oh, Klavier musste ich auch mal spielen. 3 Jahre lang."

„Hattest du keine Lust mehr?"

„Nee, zeig mal, was sind denn die anderen?"

„Leichtathletik, Fußball, Basketball, Schwimmen, Tennis, Malerei und Design, Literaturwerkstatt, Tanz und Theater. Außenweltbiologie, Robotik, Astronomie, Experimentalphysik und 3-D-Schach."

„Na tolle Auswahl."

„Nichts für dich dabei? Es gibt bei der Schulband auch Kleingruppen für Gitarre, Klavier, Geige, Flöte und so weiter."

„Weiß nicht. Ich muss mir das erst einmal überlegen. Muss man eigentlich in so eine Gruppe?"

Ein befremdeter Blick Jolies. „Nein, eigentlich nicht. Aber was machst du denn dann nachmittags? Alle sind in irgendwelchen Gruppen und ohne die Gruppen wären die Nachmittage doch todlangweilig."

„Ja, ja, o. k.. Ich überlege mir, wo ich reingehe."

## Tommy

**Das** war abgefahren. **Das** musste ich unbedingt Annabell erzählen. Fußball mit den Mädchen und dann **Das!**

Wo war sie denn schon wieder? Sie sollte doch nach der Schule auf mich warten. Oh Mann. Alle waren schon wieder weg. Die war einfach ohne mich nach Hause gelaufen. So eine miese Ratte …

Fünf Minuten später war ich auch zu Hause.

„Annabel, du solltest doch auf mich warten."

„Sorry, hab' ich vergessen. Na, hast ja doch nach Hause gefunden, Kleiner."

„Ich bin nicht klein."

„Nein? Warte mal kurz, ich hol' das Vergrößerungsglas."

„Du blöde Nuss."

Die Tür glitt mit einem leisen Summen zur Seite.

„Na, na, schon wieder Streit?"

„Mama, wo warst du denn? Annabel hat nach der Schule nicht mehr auf mich gewartet und du warst auch nicht da. Mein erster Schultag und keiner holt einen ab."

„Entschuldigung Tommy, aber ich war auch in der Schule, in der Grundschule. Vielleicht kann ich hier Biologie in der Grundschule geben."

„Und wo ist Papa?"

„Keine Ahnung, er ist mit einem Herrn Okton zum Geologiepavillon gegangen. Aber er kommt bestimmt auch bald."

„Mama, du musst mir helfen. Ich check' die Hausaufgaben in Mathe nicht."

„Zuerst hilft sie mir. Du musst mir Quantenphysik erklären."

„Nichts da. Ihr habt Bücher und steckt eure Nasen da rein. Wenn ihr nach zwei Stunden nicht zurechtkommt, helfe ich euch, aber vorher nicht. Aber vielleicht erst mal ganz langsam. Eigentlich wollte ich euch doch fragen, wie die Schule war."

„Hm, o.k. Nur Annabel ist so eine blöde Tussi. Kann Sie nicht auf eine andere Schule gehen?"

„Tut mir leid, Tommy. Es gibt hier nur die eine."

„Und du Annabel? Hast du schon Freunde gefunden?"

„Weiß nicht."

„Na, zumindest nichts Negatives."

„Physik ist Scheiße."

„Das war es doch auf der Erde auch, oder? Und bei dir, Tommy? Gefällt dir die Schule?"

„Ja. Wir haben in der Pause Fußball gespielt und in Sport mussten wir Wettrennen machen und dann haben wir wieder Fußball gespielt. Weißt du, dass die hier nicht köpfen dürfen?"

„Na dann brauchst du dir ja keine Sorgen um dein Köpfchen mehr zu machen, Kleiner." Annabel ließ sich vom Windkanal hochtragen.

„Du scheißblöde…"

„Tommy!"

„Das ist sie aber!"

„Jetzt ist es aber gut. War sonst alles o.k. in der Schule?"

„Ja, aber nach Sport … Annabel hat doch morgen auch Sport, oder?"

„Ich glaube ja. Wieso?"

„Ach nur so. Die kann doch gar keinen Sport."

Ich hatte einen Plan. Eigentlich war es ja gar kein Plan, aber ich wusste, dass sie sich morgen übelst ärgern würde. Ich grinste vor mich hin. Leider fiel es Mama auf.

„Tommy? Ist noch was?"

„Alles gut. Mama, du warst doch auch in der Schule. Weißt du jetzt, was GWT ist?"

„Nein. Tut mir leid."

Das haben wir aber morgen in der ersten Stunde. Hilfst du mir jetzt mit Mathe?"

„Ja, aber erst später."

## Carl

Boah, das war ja ein ewiglanger erster Tag. Ich war völlig erschlagen, aber es hatte wahnsinnig Spaß gemacht. Das Geologenteam bestand nur aus 6 Leuten, aber die waren so witzig, das war wirklich klasse. Manche Witze verstand ich nicht, aber ich lachte manchmal einfach mit. Lachen ist einfach ansteckend und sie lachten ja nicht über mich.

Sie machten bei der Erdbebenforschung hier nicht vieles anders als in Amerika, sahen sich die Ausschläge der Seismographen an und versuchten daraus ein Bild zu erstellen.

Metropolis befand sich auf Gondwana, einem der drei großen Kontinente, die sich ähnlich wie auf der Erde gegeneinander bewegten und zu Risszonen mit hoher Gefahr von Vulkanausbrüchen und Erdbeben führten, aber Metropolis war 60 Kilometer vom Meer entfernt, also keine Gefahr durch Tsunamis. Allerdings gab es den Kanopo, einen tätigen Vulkan in 52 Kilometer Entfernung, knapp außerhalb der Sphäre. Wenn er hochging, konnte das Erdbeben und Ascheregen bis hierher bedeuten. Es gab momentan keine Anzeichen dafür, aber der erste Ausbruch musste schrecklich gewesen sein, denn der heutige Vulkan stand in einem noch viel größeren Krater, der schon etwas erodiert war. Wie konnte man herausfinden, wann er ausgebrochen war und wann er wieder hochgehen würde? Gab es eine Regelmäßigkeit? Wieso existierte in dieser Gegend überhaupt ein Vulkan? Es gab keinen weiteren und keine eigentlich schlüssige geologische Begründung, denn die Risszone lag draußen auf dem Meer. Eine Tiefenbohrung würde Aufschluss bringen, aber natürlich auch einen Kanal für Lava öffnen.

Je später es wurde, desto lustiger die Vorschläge: Den Kanopo fragen, vielleicht war er ja ein verkanntes Lebewesen dieses Planeten, das sich über uns lustig machte; selbst Erderschütterungen auszulösen, und auf seine wütende Reaktion zu warten oder den Roboter, der das falsche Mittagessen gebracht hatte, als Opfergabe in den Krater zu werfen.

Sechs Uhr abends. Ich war wieder zu Hause.

„Hallo zusammen."

„Hallo Carl."

„Wo sind denn die Kinder?"

„Sie sind oben. Sie haben zwei Stunden an den Hausaufgaben gesessen und jetzt sitzen sie vor dem Fernseher oder was immer das ist."

„Ist das kein Fernseher?"

„Ich habe es noch nicht ganz raus. Es sind hundert Kanäle, aber fast überall laufen irgendwelche komischen Dokus."

„Und wie war es bei dir mit diesem Okton?"

„Gut. Die Jungs sind in Ordnung. Gottseidank sind sie in der Geologie auch nicht viel weiter als wir."

„In der Grundschule auch nicht."

„Ja, sie haben mir erzählt, dass du in die Grundschule gegangen bist. Wie war es?"

„Unbeschreiblich. Die Kinder wuseln um einen herum, es ist ganz anders als in Junior High, aber ich werde mein Bestes tun."

„Und unsere Kinder?"

„Tommy ist begeistert. Allein schon, weil es Fußball gibt."

„Na dann ist alles gut. Und Annabel?"

„Aus der bekommst du ja nichts heraus. Aber sie hat sich nur über Physik beklagt. Kennst du dich mit Quantenphysik aus? Ich konnte ihr nicht helfen."

„Quantenphysik? Ne, keine Ahnung. Da muss sie alleine durch. Bist du auch so müde?"

„Total. Vielleicht haben wir einen Jetlag. Die Kinder sind auch schon im Bett und schlafen wahrscheinlich bei den Dokus ein."

# Der dritte Tag

## Carl

Der zweite, nein eigentlich der dritte Tag in dieser merkwürdigen neuen Welt und irgendwie fühlte man sich, als wäre man schon immer hier gewesen.

Wieder ein sensationelles Frühstück von Marius, das übliche Gekippel zwischen den Kindern vor der Schule – diesmal zappelte Annabel im Schacht - und wir starrten uns erleichtert an, als sie draußen waren.

Fiona hastete an mir vorbei. „Tschüss, ich sehe mir heute noch mal die 1. Klasse an. Mal sehen, ob die Kinder immer noch so süß sind. Und du?"

„Ich gehe zum Geopavillon, aber erst in einer halben Stunde. Die anderen wollen mit mir zum Kanopo fliegen, muss ein echt irrer Vulkan sein. Ich bin gespannt, wie die Welt außerhalb dieser sogenannten Sphäre aussieht. Wird bestimmt super interessant."

„Bestimmt. Tschüss, ich muss gehen. Ich hab' dich lieb."

Draußen war sie. Es war so verrückt. Vor drei Tagen ging die Erde in einem Atomkrieg unter und hier lebten wir wie eine Familie in den glücklichsten Tagen.

„Wünschen Sie noch etwas?"

„Nein, Marius. Vielen Dank."

Der Roboter räumte den Tisch ab. Das Leben war einfach verrückt. Verrückt und schön.

Eine halbe Stunde später stand ich mit offenem Mund vor dem Geologie-Pavillon. Das war nicht die erwartete große Plattform. Das Ding vor dem Gebäude sah aus wie ein amerikanischer F-16 Fighter Jet, allerdings mit vielen kleinen turbinenartigen Anhängen.

„Was ist das?"

„Unser Gleiter. Tolles Gerät, was?"

„Wahnsinn! Ich komme mir vor wie bei Star Wars."

„Bei was?"

„Ach nichts. Ich meine natürlich …super."

„Wir sind einer der wenigen Pavillons, die einen eigenen Gleiter haben, weil wir oft in der Außenwelt arbeiten, die meisten anderen müssen sich einen teilen. Steig ein."

Ich war noch nie in so einer kleinen Maschine geflogen, aber innen war es doch einigermaßen geräumig. Es gab zwei lange Bänke mit Lehnen und einen Tisch in der Mitte. Es hätten wohl auch zehn Leute hereingepasst.

Okton setzte sich vorne auf den Pilotensitz, während ich mich mit den anderen auf die Bank setzte.

„Los geht's! Schnall dich an."

„Ich habe gar keine Startbahn gesehen."

„Die gibt es auch nicht. Deswegen sollst du dich auch anschnallen."

Einen Moment später wusste ich warum. Der Gleiter erhob sich zunächst einige Meter senkrecht wie eine Plattform, dann schaltete Okton irgendwie um, und wir schossen pfeilschnell in einem 45 °- Winkel nach oben. Das war echt übel für meinen Magen, aber Gottseidank dauerte es nicht lange, dann waren wir wieder in der Horizontalen. Ich blickte zurück. Die Stadt entfernte sich rasend schnell von uns.

„Wow. Womit fliegt dieser Gleiter eigentlich?"

„Oh, das ist noch einer von den älteren Modellen, das Ding fliegt noch mit Kerosin. Die neueren fliegen alle mit Akkus."

Kerosin. Die gesamte Umweltschutzdebatte durchlief blitzschnell meine Synapsen. Kerosin wird zu $CO_2$ verbrannt, dem Klimakiller Nr. 1. Flugzeuge verstärken die Erderwärmung, verursachen Überschwemmungen und Hitzetote …

„Gibt es bei euch denn viel Erdöl?"

„Immer so viel wie wir brauchen."

„Wie? Das verstehe ich nicht."

„Na ja, die Chemiker haben mir mal den ganzen Prozess erklärt, aber im Prinzip machen sie aus Wasser und Kohlendixiod so eine Art Synthese-Gas und daraus Kerosin. Das lagern sie dann in einem Turm. Aber wie gesagt, die neuen Modelle fliegen nur mit Akku."

Kerosin aus Kohlendioxid und Flugzeuge, die mit Akkus flogen. In mancher Hinsicht waren sie einfach viel weiter als wir.

„Autopilotwarnung: Schirmdurchgang in 5 Sekunden."

„Was?"

„Keine Angst, Carl. Wir haben den Code schon eingegeben. Der Code öffnet ein Fenster im Schirm."

Der Schirm! Die Sphärenhülle war eine Art elektrisches Feld, das die Siedlung und ihre irdische Natur schützend umfing, während da draußen ein fremder Planet lag. Eine fremde Welt…

Ich starrte hinaus. Ein undurchdringliches Blättermeer, ein Dschungel, und in der Entfernung ragte ein riesiger Vulkan aus dem grünen Dickicht. Geräuschlos flog der Gleiter darauf zu.

# Annabel

Und jetzt grinst mich der Typ doch schon zum dritten Mal an. Scheiße, bin ich rot geworden? Er ist ja total süß, aber das merken die anderen doch. Was soll ich denn machen?

Ich starre jetzt einfach in mein Buch. Blöde Mathe. Arkan, wieso heißen die hier alle so komisch? Ich finde, er sollte Henry heißen, so wie mein Freund aus der Grundschule, der hat auch immer so süß gegrinst.

Blöde Infinitesimalrechnung. Er hat so süße Grübchen, wenn er grinst. Vielleicht galten die Blicke doch eher Jolie? Nein, die schien gar nicht zu reagieren.

„Jolie, hast du eigentlich einen Freund?"

„Ja, warum?"

„Nur so."

„Hattest du denn einen Freund auf der Erde?"

„Ja, aber mit dem war Schluss."

„Oh, du findest hier bestimmt einen. Arkan sieht übrigens dauernd rüber zu dir."

„Echt?" Ich hoffte, ich spielte die Überraschte gut genug.

„Doch. Arkan ist ein netter Kerl. Er ist Tutor für die Kleinen und er macht es echt toll mit ihnen."

„Ja, Tutoren hatten wir auch."

Ich versuchte, möglichst gelangweilt zu wirken und das Thema zu wechseln.

„Und dein Freund?"

„Franko ist in der 11. Die haben diese Woche Survival Training in der Outer Sphere. Pass auf!"

*„Annabel McLoard. Wo liegt bei dieser Ableitung jetzt der Limes?"*

„Oh, äh. Moment. ... bei $x^2 - 1$."

„Na ja, du hast ja noch ein bisschen Zeit. Du solltest sie aber auch nutzen. Jolie, wo liegt er?"

„Bei $x^2 + 1/2$"

„So, was denkt ihr, wo lag Annabels Fehler?"

„Grrr. Ich hasse diese Schule."

## Tommy

Was war jetzt dieses GWT? Von was redeten die Jungs, die vor dem Raum standen?

„Ich schaff' es auch, den Pott zu heben."

„Quatsch, das hast du noch nie geschafft."

„Heute schaff' ich es. Ich habe trainiert und ich habe dich auch schon dreimal besiegt."

„Und ich dich zwanzigmal. Außerdem hast du geblasen."

„Man kann gar nicht blasen."

„Doch."

„Ich geb' dir einen A-Schlag, der dich reißt."

„Gegen meine Verteidigung hast du keine Chance."

Die Tür ging auf. Was war das? Tische mit zwei Stühlen und Helmen gegenüber, und einer Glasröhre dazwischen. Und jede Menge kleiner Spielzeuge auf den Tischen.

„Joshua, was machen wir hier?"

„Gehirnwellentraining. Magst du mit mir kämpfen?"

„Kämpfen? Hört sich gut an. Aber nur zum Spaß, o.k.?"

„O.k. Nimm deinen Helm und setz dich."

15 Minuten später hatte ich alle Spiele verloren und war voll genervt. Es ging darum, mittels Gedankenkraft einen Ball in der Röhre auf die Seite des Gegners zu manövrieren.

Meine Gedanken hatten null Kraft. Ich schaffte es immerhin beim zehnten Mal, als Joshua gar nichts tat, den Ball zu bewegen und ein Tor zu schießen. Die Spielzeuge bekam ich überhaupt nicht von der Stelle, während Joshua sie über die Tischplatte rutschen ließ. Ich starrte auf die anderen. Sie ließen Autos auf Rennbahnen über ihre Tische fahren und in einer Ecke stand ein Junge, der mit seinen Kopfbewegungen ein Flugzeug Loopings fliegen ließ. Voll Harry Potter-mäßig!

„Wow!"

„Das ist Angus, Angus Sunshine. Er hat wahnsinnige Gedankenkraft, das liegt bei denen irgendwie in der Familie. Aber beim Fußball ist er nicht so gut. Schau mal, kannst du den Fisch da bewegen? Der ist am leichtesten."

## Annabel

„Ich fand deine Lösung war gar nicht so schlecht, dafür dass du erst zwei Tage da bist."

Arkan hatte mich nach der Stunde abgefangen und strahlte mich an. Was sage ich denn jetzt?

„Na ja, ich lerne halt noch."

„Ich find' es super, dass du da bist."

„Ich find es hier auch super."

„Stimmt es, dass die Alte Welt tot ist?"

„Na ja, mein Vater sagt, dass niemand den Atomkrieg überlebt, aber ich weiß nicht. Meine Freunde sind wahrscheinlich alle im Moment in den Bunkern."

„Tut mir leid."

„Muss dir nicht leidtun. Kannst ja nichts dafür."

„Vielleicht … Vielleicht…"

Oh Mann, jetzt stammel' doch nichts so rum. Und schau mich nichts so mit deinen großen blauen Augen an.

„Heute Abend ist ein Konzert im Kunstpavillon, da kommen auch ein paar aus der Klasse. Kommst du auch?"

Das mit dem Konzert wusste ich ja schon, aber das musste ich ihm ja nicht gleich verraten.

„Hm. Was für Musik machen die denn dort?"

„R&R."

„Keine Ahnung, was das ist. Ist das so was wie Rap oder Hip-hop?"

„Was? Keine Ahnung... Also, das ist so ein bisschen wie R&B, aber viel fetziger als bei den Spacies oder den Crons."

Fetzig? Wer sagte denn fetzig? Diese ganzen altmodischen Wörter waren echt komisch. Man kommt sich vor wie in einem dieser uralten Schwarz-Weiß-Filme.

„Und? Kommst du?"

„Ja, denke schon."

„Wirst sehen. Das ist echt groovy dort."

„Arkan!"

Oh nein, Dorben, sein pickeliger Banknachbar. Was will der Typ? Mann, du störst, siehst du das nicht?

„Arkan, hast du deinen Teil vom Referat schon? Wir müssen doch noch den Übergang machen."

„Ja, ich komme ja gleich."

Arkan lächelte mich wieder an „Na, dann sehen wir uns heute Abend".

Ich lächelte zurück. Ich hatte mein erstes Date. Ein wundervoller Tag.

# Carl

Der Gleiter senkte sich langsam nach unten. Ein Schwarm bunter Vögel erhob sich verschreckt aus den Baumwipfeln.

„Was sind das für Vögel, Okton?"

„Barakas. Aber es sind keine Vögel. In der Außenwelt gibt es keine Vögel, nur fliegende Reptilien. Sieh dir mal die Flügel an."

Ich betrachtete die Barakas genauer. Sie flatterten, aber etwas war anders als bei Vögeln. Sie hatten keine Federn, sondern Flughäute, die sie aufspannten. Ich musste unwillkürlich an „Jurassic Park" denken. Hoffentlich lauerte da unten nicht irgendein T-Rex.

„Okton, gibt es hier auch gefährliche Tiere?"

„Jede Menge. Aber vor dem Gleiter haben sie Angst und die Bordsensoren zeigen an, wenn sich ein größeres Tier nähert. Notfalls schaltest du den Caller auf Notfall, dann heult eine Sirene los und ein Lichtstrahl wird eingeschaltet. Das vertreibt sie normalerweise."

„O.k." Wirklich beruhigt hatte mich das nicht. ‚Normalerweise'? Und was war dann nicht ‚normalerweise'? Wir näherten uns dem Kanopo und das grüne Dickicht lichtete sich mehr und mehr. Die Geröllhalde alter Eruptionen ließ der Vegetation kaum eine Möglichkeit, die Pflanzen fanden zwischen den schwarzen und braunen Vulkanbrocken keine lockere Erde. Der Gleiter landete auf dem flacheren Anstieg zum Kanopo.

„Der defekte Seismometer muss da drüben sein. Vorsicht mit dem Geröll."

# Annabel

Es war immer noch ein wundervoller Tag. Die letzten Stunden waren Sport. Sport war zwar nicht unbedingt mein Lieblingsfach, aber mit den Jungs machte es richtig Spaß. Wir hatten seit der Grundschule keinen Sport mehr mit den Jungs gehabt. Sogar den Umkleideraum hatten wir zusammen. Gottseidank hatte ich die Sportsachen schon unter meine normalen Sachen angezogen. Manche der Mädchen zogen sich ja voll vor den Jungs aus, bis auf BH und Slip. Übelste Anmache, aber die Jungs reagierten kaum. Echt brave Typen. Wahrscheinlich wurden die darauf trainiert wegzusehen. Ich kriegte dagegen kaum die Augen zu, vor lauter hübschen gut gebauten Jungs. Und wie vorsichtig sie mit einem waren! Sie gaben einem so süß Hilfestellung, wenn man diesen saublöden Salto nicht schaffte.

Und Arkan gab mir Hilfestellung. Wow, er hatte wirklich kräftige Hände. Und als Abschluss ein Volleyballspiel. Der einzige Sport, den ich überhaupt einigermaßen konnte. Leider war Arkan in der anderen Mannschaft.

Schade, das Spiel war zu Ende. Mist, ausgerechnet ich sollte noch mit unserem Lehrer das Netz aufräumen. Vielleicht konnte ich Arkan noch auf dem Nachhauseweg erwischen, wenn nicht wieder Dorben oder sonst irgendein Blödmann dazwischen kam.

Also ab in die Umkleide... **Ahh!**

**Oh mein Gott, die sind alle nackt. Arkan, Arkan ist nackt.**

Sie gehen zum Duschen. Gottseidank. Nichts wie raus hier.

„Annabel! Trödel nicht rum. Ab zum Duschen!"

Herr Jordan stand vor mir. Und er zog sich auch aus. Oh Gott ich muss hier raus! Raus!

„Los, ab unter die Dusche. Hier gibt es keine Ausnahmen, auch nicht für Erdlinge."

Oh Gott. Er war nackt. Oh Gott, oh Gott! Wie kam ich an ihm vorbei?

„Herr Jordan … ich,…ich…"

„Was?"

„Ich, … ich komme gleich."

„O.k. Aber mach nicht so lange rum. Oh Mist, ich muss noch die 8.Klasse eintragen, die vor euch da war, sonst vergesse ich das wieder."

Er ging in das Sportlehrerabteil. Da war die Tür. Ich konnte hinaus, an ihm vorbei. Aus der Dusche kam Gelächter. Ich wollte dazugehören, aber … Oh Gott, oh Gott, oh Scheiße noch mal. Ich atmete tief durch. Annabel, du gehörst hier dazu, du gehörst dazu und das ist halt hier scheinbar so. Huh, nochmal tief durchatmen. Annabel, dir wird nichts passieren. O.k., o.k. Ich zog meine Kleidung aus und packte mich in eines der Handtücher vor der Dusche ein. O.k., ich gehöre hier dazu, ich gehöre dazu. Augen zu und durch.

Hinein. Ich kriege vor lauter Wasserdampf kaum die Augen auf. Gut so. Alle lachen und schreien.

„Annabel! Hierher!"

Jolie ruft mich. Die Mädchen sind alle auf der rechten Seite, die Jungs auf der anderen. O.k. Doch nicht so schlimm wie befürchtet.

„Annabel, Vorsicht! Komm hierher, schnell!"

Warum schnell? Warum Vorsicht? Ich lief zu ihr. Ein eiskalter Wasserstrahl traf mich brutal auf der Seite.

„Uaah!"

„Ihr Mistkerle! Sie ist doch noch neu."

Ich starrte Kylie an. Sie hatte einen Schlauch in der Hand und zielte auf die Jungs auf der anderen Seite. Mein Handtuch war pitschnass. Jolie sah mich verwundert an. Sie zeigte auf die Haken an der Außenseite der Dusche. Ich schloss die Augen und hängte mein Handtuch auf.

„Vorsicht Annabel! Nimm dir auch einen Schlauch!"

Schon wieder ein kalter Wasserstrahl, der mich voll im Rücken erwischte. Ich blickte zu Boden. Da war ein Schlauch mit einer Spritze wie bei uns im Garten. Ich nahm ihn, drehte die Spritze und es kam ein harter Wasserstrahl heraus.

„Na wartet!"

Jetzt schoss ich in einem hohen Bogen auf die andere Seite. Ich zielte auf Dorben, aber der versteckte sich hinter dem großen George, den ich dafür voll erwischte. Er schrie auf. Dorben kam aus der Deckung und grinste. Ich duckte mich und der nächste Wasserstrahl traf mich nicht. Ich schoss zurück. Ich sah Arkan. Er war zu weit weg. Ich würde ihn nicht treffen.

„Sofort Schluss! Ihr mit eurer ewigen Wasserverschwendung!"

Herr Jordan war da. Schnell legten alle ihre Schläuche weg und schnappten sich die Shampoos.

Auf dem Weg nach draußen bekam ich noch einen heftigen Schlag mit Georges Handtuch ab. Es brannte übelst, würde bestimmt einen roten Striemen geben Aber ich rächte mich, als wir wieder in der Umkleide waren. Ich schlug so fest und so schnell mit dem Handtuch zu, wie ich nur konnte. Er schrie auf, drehte sich um, aber dann grinste er. Er war nackt und ich wurde rot.

Ich hastete zu meinen Sachen und zog mich an. Durchatmen. Durchatmen. Es gab hier ein paar Dinge, an die ich mich gewöhnen musste.

Hihi, ich hatte George noch richtig eins übergezogen. Das hatte gesessen. George war ja eigentlich auch ganz nett, aber so viel Muskeln waren mir eigentlich zu viel. Er sah aus wie ein typischer Bodybuilder, wie die ganzen Muskelaffen, die ich nicht mochte. Wo war Arkan? Mist, er war schon rausgegangen. Was war jetzt mit heute Abend?

## Fiona

Mein zweiter Tag als Hilfslehrerin oder Referendarin. So kam ich mir jedenfalls vor. Ich schrieb mit, was Diana, Frau Silberhaar, erzählte und notierte mir auch die Namen der Schüler und Lehrer. In den Stillarbeitsphasen ging ich mit Diana durch die Reihen und schaute mir an, wie die Kinder ihre Arbeitsblätter ausfüllten, Bäumen bestimmte Früchte zuordneten und ausmalten, die Namen der Haushaltsgeräte richtig aufschrieben und ihren Familienstammbaum aufmalten. Die erste Klasse war für mich wahrscheinlich wirklich kein Problem. Allerdings brauchte Diana eigentlich keine zweite Lehrkraft.

Die Pause im Lehrerzimmer war genial. Es wurde gelacht und Blödsinn gemacht. So war das früher an meiner Schule auch gewesen, bevor dieser ganze Mist mit Trump und den Republikanern und Demokraten anfing und das Schulhaus zum politischen Showdown wurde.

„Fiona, komm doch mal her."

Diana stand neben einem sehr sportlich aussehenden Lehrer mit halblangen schwarzen Haaren, der lässig auf einem Tisch saß, Kaffee trank und die Beine baumeln ließ.

„Fiona, das ist Roger Fenester."

„Sehr erfreut."

„Ganz meinerseits."

„Fiona, du könntest vielleicht seine Klasse übernehmen."

111

„Ich? Aber ... wieso?"

„Ich habe mich für die nächste Stardustmission beworben und bin ausgelost worden. Ab Mai bin ich im Training und dann im Einsatz. Sie könnten bei mir zusehen und dann meine zweite Klasse weiterführen. Allerdings gibt der Lehrer in der Grundschule natürlich nicht nur Naturkunde. Meine Schüler können zwar jetzt alle Lesen und Schreiben, aber sie machen natürlich noch viele Fehler. Außer Englisch bräuchten wir Sie noch für Mathe und Sachkunde. Und könnten Sie vielleicht auch Sport übernehmen?"

Ich zögerte. „Ich weiß nicht. Das ist ein bisschen viel auf einmal und ich kenne mich ja noch gar nicht aus."

„Ach, sie haben ja noch bis Mai Zeit. Schauen Sie sich doch einfach mal die Klasse an. Es sind tolle Kinder. Kommen Sie mit."


## Annabel

Natürlich, man kommt nach Hause und keiner ist da. Außer Tommy. Dieser miese kleine Wurm hatte doch gestern auch Sport gehabt? Und ich wette ...

Ich schwebte nach oben. Er lag auf seinem Bett und machte Hausaufgaben. Das Gekritzel konnte dann wieder keiner lesen.

„Tommy?"

„Ja?"

„Du hattest doch gestern auch Sport, oder?"

„Ja."

„Mit den Mädchen?"

„Ja."

„Und danach?"

„Hihi, hast du dich auch ausziehen müssen? Die haben dich bestimmt alle ausgelacht!"

„Du kleine Ratte. Das hättest du mir doch sagen müssen."

„Du hättest halt auf mich warten müssen."

„Du …" Ich warf mich auf ihn, aber er war zu schnell und zischte nach draußen auf die Veranda.

„Komm her! Komm her, du Miststück, du Ratte! Ich erwisch dich!"

Es war aussichtslos. Er war ein guter Kletterer und schon über die Absperrung zur nächsten Sternenveranda geklettert.

„Grr!" Ich drückte auf meinen Caller: „Janina!"

Mit einem Flimmern stand unsere „Tutorin", oder wie immer man das nennen sollten, vor mir.

„Annabel, wie geht es dir?"

„Nicht gut. Es gibt hier nur blöde Kleidung und nach dem Sport … gibt es gar keine Kleidung mehr."

„Oh. Das tut mir leid. Welche Kleidung hättest du denn gerne?"

„Als Erstes mal eine Jeans mit Schlitzen darin."

„Eine Jeans mit Schlitzen? Aber wieso …?"

„Mit Schlitzen, ja, mit Schlitzen. Und ein weißes Top."

„Was ist ein „Top?"

„Oh, ich flipp aus. Ein enganliegendes T-Shirt ohne Ärmel, aber nicht bauchfrei."

„Bauchfrei? Aber …?"

„Ein Top! Nicht bauchfrei! Und ein bisschen Makeup!"

„Was ist das?"

„Oh Gott!"

„Annabel, du kannst natürlich eine Jeans mit Schlitzen bestellen, wenn du möchtest. Wie möchtest du die Schlitze? Senkrecht? Waagrecht? Am besten zeichnest du die Kleidungsstücke, die du möchtest, auf und gibst die Bestellung zur Weiterleitung an euren Rob. Aber was war das mit dem Sport? Wieso hattest du danach keine Kleidung mehr? Vielleicht hast du sie nur verlegt? Hast du mal den Lehrer gefragt oder in der Dusche nachgeschaut?"

„Nein. Alle gehen nach dem Sport ohne was an in die Dusche, Jungen und Mädchen."

„Das ist ja normal. Aber wieso war dann danach deine Kleidung weg? Haben sie dir einen Streich gespielt?"

„Ach, vergiss es."

Ich schaltete den Caller ab. Diese Welt war so kaputt. Lauter bescheuerte Öko- und Naturfreaks. So eine Scheiße.


Vier Stunden später am Musikpavillon. Verdammt, es hieß doch 18 Uhr am Musikpavillon und es war schon Viertel nach Sechs. Wo war Arkan?

„Hallo Annabel." Das war George. „Worauf wartest du?"

„Ich … ich wollte auf Arkan warten."

George zog die Augenbrauen zusammen. Er schien sich über meine Antwort zu wundern. Oder gefiel ihm die Antwort nicht?

„Arkan, hm, aber vielleicht ist der ja schon drin. Hast du schon geschaut?"

„Nein. Äh, braucht man da einen Stempel oder so was?"

„Einen Stempel? Wieso? Wofür?"

„Und wieviel …? Ach Quatsch, es gibt ja gar kein Geld."

„Was? Du sagst manchmal echt komische Sachen… Also, ich geh jetzt rein, kommst du mit?"

Noch ein Blick. Kein Arkan. Hatte er am Pavillon gesagt, im Pavillon oder vor dem Pavillon?

„Ja, o.k."

Drinnen war es ziemlich dunkel. Nur buntes Flackerlicht. O.k., das erinnerte schon sehr an die alte Disko in Lower Albuquerque. Buh, das war Gitarrengejaule und das Schlagzeug spielte ein paar Takte, scheinbar der Soundcheck. Ein Stimmengebrabbel da vorne. Da war die Bühne und da war Arkan. Er kam auf mich zu und lächelte.

„Schön, dass du da bist. Ich habe schon gedacht, du kommst nicht. Es fängt gerade an."

Wow, fast die Hälfte der Klasse war da und auch einige ältere, die ich in der Schule gesehen hatte. War das ein Oberstufenball?

Ein großer Aufschrei, die Musiker kamen auf die Bühne, auch ein paar Jungs aus der Oberstufe und … Kylie! Sie setzte sich ans Schlagzeug, man sah sie dahinter kaum. Der Gitarrist trat ans Mikro.

„O.k., Leute. Wir wollen, dass ihr hier tanzt. Hier kommt ‚Rise of Kanopo'!"

Ein vielstimmiges Gebrüll. Kylie gab mit dem Schlagzeugbecken den Takt vor, dann mit der Fußtrommel. Die Gitarren setzten ein. Oh Mann, ich war Zuhause. Der Rhythmus war ein bisschen gewöhnungsbedürftig, übelst schnell, aber man fing an zu zappeln.

„Wollen wir tanzen?" fragte Arkan.

Komische Frage. Wieso fragte man das? „Na klar."


Drei Stunden später war ich platt, absolut platt. Das Konzert war vorbei und jeder triefte vor Schweiß und ich atmete draußen erst mal tief durch.

„Scheiße. Arkan, warum lüften die da drin nicht?"

„Weil sich sonst die Alten wieder wegen unserer Musik beschweren."

„O.k., das kenn' ich auch schon von irgendwoher."

Arkan verstummte. Die anderen verstreuten sich. Das Licht im Pavillon ging aus. Jetzt sah man nur noch die Lichter der Häuser und die Sterne über uns.

„Und was kann man hier sonst noch so machen?"

„Eigentlich nicht viel. Wir könnten ja zum Kanopo fliegen."

„Ach Quatsch."

„Kein Quatsch. Ich kann wirklich fliegen, aber das darfst du niemandem erzählen."

„Du bist verrückt."

„Nein, mein Vater ist doch Außenweltbiologe und ich kann den Gleiter der Außenweltbiologie benutzen. Es würde jetzt in der Nacht aber ziemlich auffallen."

„Aber du kannst doch nicht einfach den Gleiter der Gruppe deines Vaters benutzen?"

„Na ja, sie benutzen ihn ja nicht jeden Tag und ihr Passwort ist seit Monaten das Gleiche. Die Alten denken immer, wir sehen nicht, was sie eintippen. Wenn man auf ihren Plan sieht und da Laborarbeit eingetragen ist, kann man problemlos losfliegen. Da haben sie dann wieder irgendwelche ganz tollen Pflanzen gefunden, an denen sie ewig herumexperimentieren."

„Du kannst wirklich von hier raus fliegen?"

„Ja, ich bin mit meinem Vater schon öfters in die Außenwelt geflogen."

„Und wie ist es da draußen?"

„Wunderschön. Die Pflanzen, die Tiere … Es gibt wahnsinnstolle Lagunen mit irren Stränden."

„Super. Wann fliegen wir?"

„Wann? Oh, ich muss natürlich auf den Plan schauen."

„Nächste Woche. Nach Physik am besten, da brauch' ich etwas, was mich aufbaut."

„Am Montag? O.k. Aber wie gesagt, wir müssen warten, bis alle im Labor sind."

„Hast du denn keine Angst, dass sie dich erwischen?"

„Nein. Wenn sie im Labor arbeiten, sind die so beschäftigt, da kann man wegfliegen. Das kontrolliert niemand."

„Na, dann bis Montag."

Ich wollte ihm eigentlich nur ein Abschiedsküsschen auf die Wange geben, aber irgendwie ging es doch daneben. Ich küsste ihn so halb auf den Mund und es fühlte sich gut an. Seine Arme, sein Körper…Ich riss mich los.

„Ich muss nach Hause."

„Was? Aber … Annabel…"

„Bis morgen."

Ich grinste in mich hinein. Ich war glücklich.

# Der vierte Tag

## Fiona

Der vierte Tag auf Gaia. Ich stand früh auf, setzte mich an den Frühstückstisch und sah mir nebenbei eine Doku an. Endlich hatten wir herausgefunden, was diese Dokus waren. Jeder Pavillon, jede Gruppe musste spätestens nach einem Jahr ihre Ergebnisse vorführen. Dazu kamen Aufnahmen von Expeditionen in die Außenwelt, Schülerfilme, Musik- und Theaterstücke und natürlich die Aufnahmen von der Stardust.

Ich klickte auf Musikstücke I. Das war meist eher langsame, getragene Musik. Zum Teil ein paar alte Evergreens, die meine Oma noch in ihrer komischen CD-Sammlung hatte, aber auch ein paar neuere Stücke. Musikstücke 2 war das Gebolze und Geschreie, das Annabel und Tommy gut fanden. Na ja, eher Annabel. Tommy war nicht so interessiert an Musik. Er hatte sich für das Wahlfach Astronomie eingetragen, das heute begann, und war ganz aufgedreht.

Und ich würde bei Roger Fenester gastieren und mir die zweite Klasse ansehen.

„Fiona. Wo ist mein Pullover?"

„Der von gestern? Den habe ich Marius zum Waschen gegeben."

„Aber er ist nicht da. Doch, ich habe ihn."

Es war wie Zuhause. Carl war verplant wie immer und beschuldigte dann mich, etwas verlegt zu haben. Ob das in den anderen Familien auch so war?

Zwei Stunden später:

Die Klasse war genauso knuddelig wie die erste. Und Roger machte es richtig super mit ihnen, witzig, mitfühlend und streng gleichzeitig. Ein toller Lehrer … und ein toller Mann. Aber warum schaute er mir dauernd so in die Augen? Wollte er mir etwas sagen oder wollte er etwa mit mir flirten? Fand er mich attraktiv? Dabei waren doch gerade mal ein paar Falten verschwunden, die Repro hatte noch gar nicht richtig zu wirken begonnen. Ein lange nicht mehr empfundenes Gefühl stieg in mir auf. Ich fühlte mich plötzlich wieder wie in meiner Schulzeit, als Richard mich anmachte. Richard…

In der Pause war er Gottseidank mit einem Schüler beschäftigt, so dass ich alleine zum Lehrerzimmer ging. Das hohe zischende Geräusch war neu. Woher kam es? Alle Lehrer stürmten wie von der Tarantel gestochen an die Fenster und reckten ihre Hälse nach oben. Eine große silberne Kugel senkte sich herab! Ein Raumschiff! Das musste die Stardust sein, von der immer alle erzählten.

Und dann, mit einem Schlag, brach die Hölle los. Alle stürmten wie auf ein Kommando von den Fenstern weg hinaus zu den Plattformen für die Exkursionen.

„Fiona, kommen Sie", rief Roger und packte mich an der Hand. Wir rannten zum Parkdeck und er zog mich auf die letzte noch verfügbare Plattform.

„Die Stardust! Der Overlord kommt."

Scheinbar war plötzlich ganz Metropolis mit Plattformen unterwegs. Alle wollten sehen, wie das Raumschiff landete. Wir kamen zu spät zur Landebahn in der Outer Sphere. Die Landeklappe war bereits offen und zwei Dutzend Gaianer in

Raumanzügen schritten langsam die ausgefahrene Rampe hinunter und hoben die rechte Hand zum Gruß. Und am Schluss erschien ein Mann mit einem Stirnreif aus dem Raumschiff.

„Der Overlord, Fiona, das ist der Overlord, Ihr Uropa."

Nein, es war natürlich nicht mein Uropa, sondern Carls Urgroßvater, von dem ihm sein Vater erzählt hatte. Man konnte nur auf etwa 50 Meter heran, der Bereich direkt an der Landestelle war abgesperrt, aber man konnte ihn noch ganz gut erkennen. Er war dank Repro natürlich so jung wie alle anderen, aber er lief im Unterschied zu den anderen etwas aufrechter, hatte dunkelbraun gewellte Haare und die typische leichte Adlernase der McLoards. Ansonsten hätte er ein weiterer typischer Gaianer sein können.

## Tommy

An Unterricht war nicht mehr zu denken. Alles schrie und lief durcheinander. Er hatte es auf die Plattform von Frau Silberhaar geschafft. Sie hatte nicht einmal geschimpft, sondern ihn einfach mitgenommen.

Die Stardust war mega., ein Wahnsinnsschiff wie aus einem Star Wars Film. Aber das hier war echt. Man konnte mit diesem Raumschiff tatsächlich zu anderen Planeten fliegen. Geil, einfach megacool. Ich wollte auf die Stardust. Ich würde alles über die Raumfahrt lernen. Ich würde in diesen Astrokurs hier gehen und alles über die Sterne und die Planeten lernen, und dann in den Astro 2 für die Oberstüfler. Und dann würde ich mit der Stardust fliegen. Ich würde nach Hause zurückkehren, zur Erde. Ja, und Luke und Eric würden Augen machen. Ich werde Raumfahrer wie diese Leute da vorne und ich werde fliegen.

So wie Uropa McLoard. Warum durfte ich denn nicht zu ihm? Oh nein, Frau Silberhaar, nicht schon zurück, nicht wieder in die Schule.

## Annabel

So eine Mega-Aufregung um das Raumschiff und McLoard. Ich war ja selbst gespannt wie mein Urgroßvater aussah, aber mussten die hier deswegen so eine Welle machen? Wie die kleinen Kinder, kein bisschen cool. Alle drückten sich am Fenster zusammen, um das Raumschiff zu sehen. Arkan drehte sich zu mir um.

„Dein Uropa kommt. Freust du dich denn nicht?"

„Na supi. Wahrscheinlich noch einer, der mir Vorschriften machen will. Was ist jetzt mit Montag?"

„Montag?" Er sah sich um. Alle blickten zum Raumschiff. „Tut mir leid, aber laut Plan sind sie die nächsten zwei Wochen fast immer draußen."

## Fiona

Roger Fenester erklärte mir die einzelnen Leute und ihre Funktionen, aber musste er dabei immer so nah an mir dran sein? Amerikaner und Araber hatten eine unterschiedliche Körperdistanz, eine Entfernung, die einem angenehm war, aber er durchbricht immer wieder meinen unsichtbaren

Panzer. Ich befürchte, er steht auf mich und versucht mir nahe zu kommen. Nimm deine Hand weg von meinem Arm, ich mag dich und ich will dir nicht wehtun. Ach Scheiße, ich kam mir vor wie ein Teenager. Diese Jungs, die mit einem gehen wollten und die zwar alle nett waren, aber einfach nicht der Richtige. Und der Richtige hatte natürlich null Interesse an einem selbst, dafür aber Interesse an einem anderen Mädchen, das ihn wiederum nicht mochte. Irgendwie war Liebe doch immer wieder ein recht doofes Spiel gewesen. Gottseidank war das Ganze seit Carl beendet. Carl war am Anfang auch nicht gerade mein Traumprinz gewesen, aber er hatte ihre Absagen einfach lächelnd ignoriert. Diesem breiten Lächeln konnte man schier nicht widerstehen. Und er gab nicht so leicht auf. Einfach stur und unerschütterlich war er geblieben. Na ja, manchmal konnte er auch ausrasten, das hatte sie gemerkt, als sie dann zusammengezogen waren und es um die Möbel ging. Aber er war so süß wie ein Kind, wenn er sich dann wieder für seine Ausraster entschuldigte. Süß war dieser Roger mit seinen großen blauen Augen schon auch, und wie, aber … zum Teufel, jetzt nimm deine Hand da weg. Ah, da war ja Diana.

„Roger, einen Moment, ich muss Diana noch was fragen."

Buh, jetzt war ich ihn erst mal los.

„Diana?"

„Fiona, was ist denn?"

Ich hatte keine Ahnung, aber mir fiel etwas ein.

„Ich habe hier noch keine Schwangeren gesehen. Ihr habt doch so viele Kinder. Verstecken sich die Schwangeren wegen ihren dicken Bäuchen?"

Eine ziemlich blöde Frage, aber was sollte es.

„Oh, nein. Niemand versteckt sich. Das Problem haben wir aber auch erst seit einer Generation endgültig gelöst."

„Was?"

„Na ja, jeder Frau werden mit 16 Jahren einige Eizellen ent-nommen. Die werden dann eingefroren und wenn sie dann Kinder möchte, holt man die Eizellen wieder heraus."

„Ihr macht künstliche Befruchtung?"

„Ja, und dann wachsen die Babys in der Gebärmutterstation auf. Willst du sie mal sehen?"

„Gebärmutterstation hört sich komisch an. Du meinst so eine Art Kinderklinik?"

„Das Wort kenne ich nicht, aber vielleicht ist es das Gleiche. Komm, ich fahre dich hin."

Roger winkte mir zu, aber ich deutete schnell an, mit Diana zurückzufahren. Sehr gut!

10 Minuten später waren wir am Ziel, einem schlauchförmi-gen Gebäude.

„Die Gebärmutterstation. Komm!"

Das Haupttor glitt vor uns auf, danach noch eine Tür. Und dann …

**„Mein Gott!"**

„Das ist schön, nicht wahr?"

Diana lief einen schwach rötlich erleuchteten Gang entlang. Ich konnte ihr nicht folgen. Ich war nahe daran, mich zu über-geben. An den Seiten des Ganges hingen in Abständen ballon-ähnlich gelbliche Gebilde und darin … Babys, Babys mit einer Nabelschnur, die an den Ballonen hing und jeder Ballon hing wiederum an einem Schlauch.

Oh, Gott, das war abscheulich. Schlimmer als jeder Horror-film. Babys, die in Ballons hingen, die sich bewegten. Oh mein Gott!

„Wo bleibst du? Da hinten sind die kleinsten, gerade drei Monate alt, total süß."

„Süß? Ihr seid Monster!"

„Was?"

„Babys ... Babys gehören in den Bauch ihrer Mutter. Man will sie darin spüren, sie streicheln."

„Oh, das stimmt. Im Moment ist wirklich niemand hier. Wahrscheinlich sind die meisten Eltern noch bei der Stardust. Normalerweise ist hier immer viel los. Die jungen Eltern kommen jeden Tag vorbei und drücken ihr Kind durch die Gebärmutter und oft singen sie ihren Kindern etwas vor."

„Ich will hier raus."

„O.k., o.k. Du hast ja recht, wir können die Schulkinder auch nicht so lange alleine lassen, sonst langweilen sie sich in der Schule."

Ich musste draußen tief durchatmen. Ich wusste jetzt, woran ich mich hier niemals gewöhnen würde. Niemals! Niemals! Wie konnte man so unmenschlich sein, so nüchtern, so herzlos? Diesen Horror konnte sich doch nur ein Mann ausgedacht haben.

Ich stieg auf unsere Plattform. Neben uns landete eine andere Plattform mit einem Pärchen. Torkan und Berena grüßten uns und verschwanden dann im Gebärmutterhaus.

## Tommy

Endlich, endlich Astro. Die meisten hier waren aus der 6. oder 7. Klasse, aber Joshua war auch mit dabei und zwei aus der 5b, die ich schon vom Fußball kannte. Der Tutor war ein älterer Schüler namens William.

„O.k. Leute, heute haben wir ja jemand Neues hier. Thomas, du kommst doch von der Erde, oder?"

„Ja."

124

„Kaum zu glauben. Und wo liegt die von uns aus?"

„Das weiß ich nicht, aber sie ist über 5700 Lichtjahre von hier."

„Wahnsinn. Das sind Entfernungen. Und du weißt nicht, in welche Richtung sie liegt?"

„Nein, da muss ich mal meinen Vater fragen."

„O.K. Dann fangen wir mal da an, wo wir das letzte Mal aufgehört haben. Wer kann denn noch mal die Reihenfolge der Planeten aufsagen?"

Ein Kinderspiel, mein Arm zuckte nach oben.

„Ja, Thomas?"

„Merkur, Venus, Erde, Mars, Jupiter, Saturn, Uranus und Neptun. Mein Vater erklärt mir jeden Morgen unsere neun Planeten, aber Pluto ist kein Planet mehr."

Gelächter, ohrenbetäubendes Gelächter. Selbst Joshua lachte. Was war los?

„Thomas Loard. Das mag vielleicht alles bei dir zu Hause so richtig sein, und es ist bestimmt schön, wenn dir dein Vater die Planeten erklärt, aber die Planeten heißen Hades, Artemis, Gaia, Titan, Freya, Wotan und Odin."

Scheiße. Ich fühlte mich Scheiße. Alle lachten über mich. Woher sollte ich denn wissen, wie diese blöden Planeten hier hießen? Diese Idioten. Warum lachten sie? Sie waren so gemein. Ich kämpfte mit Tränen. Ich würde nicht weinen, nein, ich würde nicht weinen.

„So, genug gelacht. Kommen wir zu den wichtigen Fragen: Wieso können wir sie überhaupt sehen?"

Joshua meldete sich: „Weil sie das Licht der Sonne reflektieren und das Licht dann hier ankommt."

„Und wie schnell ist das Licht?"

Keiner meldete sich. William sah mich an. „Thomas?"

Warum nicht? Es war doch eh schon egal: „300 000 Kilometer pro Sekunde."

„Sehr gut, Thomas."

Einige drehten sich zu mir um. Der Tutor machte weiter.

„Ja, ja. Ihr hättet halt auch das Kleingedruckte im Handout lesen sollen. So und jetzt wird es spannend: Was passiert, wenn ich so schnell fliege wie das Licht?"

Einer aus der Siebten meldete sich: „Dann vergeht die Zeit für denjenigen langsamer, der im Raumschiff fliegt."

„Ja und nein. Das passiert, wenn man fast so schnell wie das Licht fliegt. Aber wenn ich noch schneller fliege, genau so schnell wie das Licht?"

Mein Arm ging nach oben.

„Das ist unmöglich, denn Energie ist die Masse mal dem Quadrat der Lichtgeschwindigkeit, das heißt, wenn die Lichtgeschwindigkeit erreicht ist, ist die Masse unendlich und die Energie, die man dazu benötigt ist auch unendlich. Ich verstehe darum nicht, wie die Stardust schneller als das Licht fliegen kann. Das ist physikalisch doch unmöglich."

Jetzt starrten mich alle an wie einen Nerd.

„O.k., o.k. So genau wollte ich es gar nicht wissen. Vielleicht schreiben wir uns aber heute schon mal diesen wichtigen Satz von Albert Einstein für später auf: $E = m \times c^2$. Heute beschäftigen wir uns aber erst mal mit der Masse der Planeten und welche Auswirkungen diese Massen auf unser Sonnensystem haben."

O.k. Ich musste mir diese blöden Namen der Planeten in den Kopf rammen, aber ansonsten war es doch wie bei uns Zuhause im Astrokurs.

# Carl

Die Nachricht erreichte alle vier Erdenbürger gleichzeitig. Janina stand als Hologramm vor ihnen: „Der Overlord will euch heute um sechs Uhr im Zentrum sehen."

Wow, der Overlord, mein mir völlig unbekannter Urgroßvater. Ich war gespannt.

6 Uhr! Die Familie betrat zum zweiten Mal die große Halle. Und wieder stand ein Mann am Ende der Halle, der einen Stirnreif trug, aber diesmal war es kein Zehner, sondern Oliver McLoard, ein hundertfünfzig Jahre junger, nie alternder Mann.

„Kommt, kommt, meine Freunde, meine Familie. Es ist merkwürdig, wieder eine Familie zu haben. Möchtet ihr etwas zu essen oder zu trinken?"

„Nein, danke."

„Also ich hätte gerne eine Cola", brach es aus Annabel hervor.

„Eine Cola?"

„Ja, es gibt hier nur Wasser, Tee und Säfte. Warum gibt es keine Cola, kein Red Bull?"

„Annabel! Du entschuldigst dich sofort für dein Benehmen!", fuhr Fiona sie an.

„Ach nein, lassen Sie sie. Wir müssen über so viel reden, warum nicht auch über Cola. Wahrscheinlich gibt es keine Cola, weil noch nie jemand danach gefragt hat. Aber wenn es sie gäbe, wäre sie sicher ohne Zucker und Coffein, da beides besonders für Jugendliche sehr schädlich ist."

„Cola light ist nur für alte Leute."

„Was ist Cola light? Ihr müsst mir so viel von der Erde erzählen. Aber vielleicht sollte ich euch erst einmal etwas über mich und Gaia erzählen."

„Unbedingt! Ich verstehe so viele Sachen nicht. Warum kann man nicht auf die Erde zurück? Woher kommen all diese Menschen hier? Sie wurden alle auf Gaia geboren, doch woher kamen ihre Eltern und ihre Großeltern?"

„Das sind recht viele Fragen. Vielleicht fange ich mal ganz vorne an. Entschuldigung, wenn ich dazu etwas weit aushole. Die Geschichte der Menschheit auf Gaia begann eigentlich im Jahre 1938. Ich war damals 58 Jahre alt und völlig enttäuscht vom Leben, von meinem privaten Leben und von meinem wissenschaftlichen Leben. Ich hatte die DNA als Träger der Gene nachweisen wollen, aber meine Experimente klappten nicht und dieser komische Kauz von Avery erhielt 1935 dafür den Nobelpreis. Außerdem war ich angewidert vom Zustand der Welt an sich. In Deutschland und Italien kamen Faschisten an die Macht und alles schien auf den nächsten grausamen Krieg hinauszulaufen, der dann auch tatsächlich kam. Ich hatte genug, beschloss der Biologie den Rücken zu kehren und den Untergang einer anderen Kultur zu untersuchen, den der Maya. Ich las mir ein paar Bücher über Archäologie durch, baute mir eine kleine Hütte am Rand des Areals, wanderte durch den Urwald und buddelte an ein paar steinernen Resten herum. Ich hatte gar keinen großen Drang, wichtige Entdeckungen zu machen. Ich wollte nur weg von meiner Familie, von meiner Biologie und von der ganzen verrückten Welt. Dabei wurden die Mayas immer faszinierender für mich und ich rätselte wie viele andere, warum sie dort im heißen Tiefland mit schlechten Böden ihre Kultur aufgebaut hatten. Es war ein reiner Zufall, dass ich eines Tages auf den Steinen der untersten Plattform saß, müde die Arme ausstreckte und neben mir die kleinen

Vertiefungen spürte, die blitzartig die Atomstruktur des Steins veränderten und mich durch den Wandler nach Gaia teleportierten.

„So sind wir auch gekommen. Die Vertiefungen."

„Ja, der Scanner und der Quantenwandler scheinen von der Seite her zu funktionieren. Leider von der anderen her nicht."

„Wieso? Was ist passiert?"

„Langsam, langsam. 1938 versuchte ich alles über Gaia herauszufinden, aber aus drei regungslosen Robotern und der Wandlerhalle mit den Nebengebäuden schien so gut wie nichts Hochtechnisches vorhanden. Alles war so von Urwald überwuchert, dass ich den einzigen Gleiter erst nach einigen Tagen fand. Ich baute mir eine Hütte wie auf der Erde, aber Monate und Monate der Untersuchung brachten mich kein bisschen weiter. Ich verstand die Konstruktionen der Fremden nicht. Die Roboter regierten auf nichts, was ich tat und der Gleiter ließ sich nicht öffnen. Und außerhalb der Wandlerhalle herrschte die wilde Natur Gaias, wunderschön, aber auch mit recht gefräßigen Tieren.

Schließlich beschloss ich, ein paar Kollegen einzuweihen mit denen ich vorher schon auf verschiedenen Kongressen zusammengetroffen war und die ähnlich negativ über unsere Welt dachten wie ich.

Sie waren begeistert und John Mills vom Christ Church College schaffte dann tatsächlich den Durchbruch. Die Roboter sind aus Koratonit, einem ultraharten Material, aber wir fanden einen Ansatzpunkt für unsere Schneidbrenner und brachen die Hülle eines Roboters auf. Wir hatten endlich einen Einblick in sein Innerstes, doch wie funktionierte er? Schließlich hatte Mills eine verrückte Idee und bestrahlte den Rob mit Alphawellen. Und etwas leuchtete plötzlich am Kopf des Roboters. Ab da variierten wir die Alphawellen und der Roboter bewegte sich. Das war der Anfang vom Verständnis der Technik der Fremden, so nennen wir sie, da wir so wenig von ihnen wissen."

„Aber die Roboter reagieren doch auf Sprache."

„Ursprünglich nicht, aber nachdem wir herausgefunden hatten, welche Wellenlänge zu welchen Reaktionen führten, programmierten wir die Roboter sozusagen um. Sie lernten, auf unsere Sprache zu reagieren."

„Nun, wir waren wie berauscht von unseren Erfolgen und lebten und forschten auf Gaia. Die Roboter trugen eine Unzahl von Bauplänen in sich. Man musste ihnen nur erklären, was man wollte, und sie arbeiteten den gesamten Herstellungsplan aus. Mit ihrer Hilfe konnten wir innerhalb kürzester Zeit ein Versorgungs- und Forschungszentrum auf Gaia aufbauen.

Und dann begann im September 39 der Zweite Weltkrieg und wir wurden wieder einmal in unserer Meinung bestätigt: Die Menschheit war einfach zu dumm, zu machtgierig, zu tierisch, um längere Zeit friedvoll miteinander leben zu können. An dem Abend, an dem die Deutschen das wehrlose Belgien überfielen, kam uns dann die Idee, hier eine andere, eine bessere Menschheit zu erschaffen. Wir feierten unsere Idee, aber sie hatte natürlich den Haken, dass wir nur Männer waren und alle dazu noch im gehobenen Alter."

„Ihr habt Indiofrauen missbraucht."

„Nein, um Himmels Willen, nein. Na ja, vielleicht kann man es doch so sagen. Gebraucht haben wir sie, da habt ihr recht. Wir waren wirklich eine verrückte Truppe, aber keine Kriminellen. Nein, John kannte einen Amerikaner, der in Kalifornien an der Idee der künstlichen Befruchtung arbeitete. Lauter reiche weiße Frauen, die keine Kinder zeugen konnten, wurden dort mit Hormonen behandelt und zur Produktion von vielen Eizellen angeregt. Aber es blieben ständig viele Eizellen übrig, die Technik war nicht ausgereift. Wir konnten die übrigen Eizellen von dort benutzen, aber die Schwierigkeit war, dass wir sie zwar hier im Reagenzglas befruchten konnten, aber jemand musste sie austragen. Und da fiel uns leider außer den Indiofrauen in Guatemala tatsächlich nichts ein. Wir fragten sie, ob sie unsere Kinder gegen Geld gebären würden, und wir fanden tatsächlich viele verarmte Frauen, die für uns unsere Kinder austrugen. Ich weiß, dass war amoralisch und egoistisch, aber das war nur am Anfang so. Später haben wir das Problem Gottseidank gelöst."

„Ihr habt Legebatterien geschaffen, das ist nicht viel besser," warf Fiona ein.

„Legebatterien? Was ist das? Roman Tschernow war Gynäkologe und hatte die entscheidende Idee. Wir brauchten eigentlich nur eine einzige Gebärmutter. Wenn man ihre Zellen ausreichend mit Nährstoffen fütterte, blieben sie nicht nur erhalten, sondern man konnte sie sogar teilen, so dass man viele Gebärmutterzellen erhielt. Wir brauchten noch einige Zeit, bis aus seiner Idee unser Gebärmutterhaus entstand."

„Es sieht schrecklich aus."

„Wirklich? Niemand empfindet es hier so. Wenn ich einer unserer jungen Frauen von einer natürlichen Geburt erzähle, mit den unsäglichen Schmerzensschreien der Frauen, dem Blut und der Todesgefahr für Baby und Mutter, von Notoperationen, bei denen der Bauch der Frauen aufgeschlitzt wird, finden sie das schrecklich und abscheulich. Für uns ist es selbstverständlich, dass Frauen und Männer eine künstliche Befruchtung im Reagenzglas haben und wir unsere Kinder in der Gebärmutterstation vor der Geburt besuchen und drücken können, statt sie unter Schmerzen gebären zu müssen."

„Ich finde es trotzdem … widernatürlich."

„Mag sein, aber ist nicht jede Operation widernatürlich? Glaubt mir, man gewöhnt sich an eine Geburt ohne Schmerzen für Mutter und Kind."

„Apropos Kinder. Haben Sie denn auch Kinder?"

„Oh, ja, ich habe wie die meisten Gaianer vier Kinder. Brian und Kevin sind leider zur Zeit auf der Forschungsstation auf Titan und Robin leitet gerade ein Survival-Training in der Außenwelt. Meine Tochter Barbara wollte eigentlich rechtzeitig hier sein. Sie werden sie alle bestimmt bald kennenlernen."

„Und warum funktioniert der Quantenwandler jetzt nicht?", fragte Tommy unkontrolliert dazwischen.

„Langsam, junger Mann, alles der Reihe nach. Die Jungen und Mädchen wurden damals zu uns gebracht und wuchsen heran und wir versuchten, sie so gut wie möglich zu erziehen. Aber gleichzeitig wollten wir ja auch weiter forschen, so dass wir einige Indiofrauen als Erzieherinnen einstellten. Ihnen gaukelten wir vor, sie wären bei einer Art Sekte, die sich im Urwald versteckte.

Alles lief gut, aus den Kindern wurden Jugendliche und wir verstanden die Technik der Fremden immer besser. Die Roboter bauten in unserem Auftrag weitere Roboter, die alles für uns erledigten, alle Arten von Rohstoffen heranschafften und die fantastischsten Geräte herstellten, während wir jedes Mal, wenn wir die Nachrichten von der Erde hörten, entsetzt über das Elend dort waren.

Wir würden hier eine bessere Welt schaffen, das war unser großes Ziel. Der Weltkrieg auf der Erde hörte nach unzähligen Toten und Verletzten schließlich auf, aber statt eine neue Weltregierung zu schaffen, die die Probleme der Überbevölkerung, der großen Unterschiede zwischen Reich und Arm, der Verstädterung, der Luftverschmutzung, des Industriemülls usw.

anpackte, gab es nur diese harmlose, unfähige UNO. Und schon fünf Jahre später kam der nächste Krieg."

„Der Korea-Krieg." Ich war bass erstaunt, so etwas von Annabel zu hören, scheinbar passte sie im Geschichtsunterricht doch auf, obwohl sie nur darüber schimpfte.

„Richtig, der Korea-Krieg. Wir hatten endgültig genug von Atombomben, Wasserstoffbomben und Millionen von Toten. Was für eine schreckliche Welt! Wir dagegen hatten bis 1957 eine neue Erde geschaffen mit wunderbaren jungen Menschen, die keine Kriege kannten. Und wir dachten, wir wären perfekt, aber wir waren es nicht."

„Was ist geschehen?"

„Es war wohl Tim Brownings, der die Antimaterie auf die Erde mitnahm … oder besser sie mitnehmen wollte. Ich hatte ihn gewarnt. Wir hatten die Antimaterie erst kurz vorher in einem Magnetzylinder im Anbau der Wandlerhalle entdeckt und er wollte sie auf der Erde in seinem Institut untersuchen. Ich war strikt dagegen, aber er hörte nicht. Kurz vor Weihnachten 1957 nahm er sie wohl mit. Ich habe ihr Fehlen leider erst später entdeckt.

An Weihnachten gingen dann fast alle wie immer nach Hause. Ich wollte damals nicht mehr zurückkehren, ich hatte mich mit meiner Familie schon an Weihnachten 56 völlig zerstritten. Auch Roman und Louis Irving blieben hier. Alle anderen 22 Mitarbeiter gingen durch den Wandler nach Hause, so dass nur wir drei und acht Indiofrauen, die wir jedes Weihnachten als Erzieherinnen einstellten, zurückblieben.

Und dann … dann kamen unsere Leute nicht mehr zurück. Am Anfang dachten wir noch, sie verspäteten sich, aber es kam kein Einziger zurück, nicht nach Weihnachten und nicht nach Sylvester. Hatte es mal wieder eine Revolution in Guatemala gegeben? Hatte die United Fruit Company mit Hilfe der CIA eine Gegenrevolution angezettelt? Und dann entdeckte ich das Fehlen der Antimaterie und hatte eine Vermutung: Der Quantenwandler teleportiert nur Materie, wie sollte er denn Antimaterie teleportieren? Er war irgendwie beschädigt. Wir schickten Roboter durch den Wandler, mit dem Auftrag, sofort von der Erde wieder zurückzukehren – sie kamen nicht wieder. Alles verschwand darin.

Die Indiofrauen wollten wieder nach Hause und wir warteten und warteten und niemand kam aus dem Wandler. Schließlich wurden die Frauen immer aufdringlicher und wir mussten ihnen die Wahrheit sagen, dass sie wahrscheinlich jetzt für immer auf diesem fremden Planeten gefangen waren.

Sie schrien uns an, weinten, protestierten und verlangten, nach Hause zu ihren Familien gebracht zu werden. Sie wollten in den Wandler. Wir flehten sie an, es nicht zu tun, unsere Leute auf der Erde würden den Apparat reparieren, aber sie gaben keine Ruhe, sie wollten nach Hause. Bis auf zwei Frauen gingen sie alle. Sie sind im Nichts verschwunden, genau wie alle meine Freunde.

Bis ihr hier auftauchtet, hatte ich noch Hoffnung, sie wären dort angekommen und der Wandler auf der Erde wäre durch die Antimaterie beschädigt worden, aber es ist wohl unser Wandler, der durch die Antimaterie keine Entsprechung auf der anderen Seite fand und dadurch alle nachfolgende Materie fehlerhaft zuordnete.

„Sie sind in ihren Tod gelaufen."

„Ja, sie wussten es nicht. Ihre Atome wurden hier zerlegt und dort nicht mehr zusammengebaut.

Es begannen die Dunklen Jahre, wie wir sie nannten. Drei alte Männer und zwei Indiofrauen mussten über 100 Kinder betreuen. Es war der schiere Wahnsinn. Wir versuchten, die älteren Kinder zu Betreuern für die jüngeren zu machen, aber sie revoltierten immer mehr. Unter den 16-Jährigen gab es die ersten Schwangerschaften. Das erste Mädchen starb bei der Geburt, danach glückten zwei Geburten, dann eine Fehlgeburt. Die Jungen fingen an, uns die Schuld dafür zu geben, begannen untereinander, um die Herrschaft zu kämpfen. Wir hatten gedacht, wir hätten sie zu guten Menschen erzogen, aber wir hatten die Stärke der menschlichen Triebe unterschätzt. Es war schrecklich. Nach einem Jahr nahm sich Louis das Leben und eine Indiofrau starb, im zweiten Jahr starb Roman und die zweite Indiofrau lief eines Tages in die Outer World und wurde nie wieder gesehen.

Im dritten Jahr war ich allein mit über 100 Kindern und ich war 77 Jahre alt. Alles ging drunter und drüber, die Jungen und Mädchen stritten sich trotz unserer Erziehung und gingen aufeinander los. Unser großes Experiment war gescheitert. Und ich war alt und krank. Ich legte mich zum Sterben auf eine Steinbank in der Pyramide und … ich starb nicht. Ich merkte, wie ich wieder zu Kräften kam, jünger und fitter wurde. Der Stein war kein Stein, sondern eine Repro-Einheit, die meine DNA untersuchte und reparierte.

Nach drei Tagen hatte ich wieder genug Kraft, sammelte einige der vernünftigen jungen Männer und Frauen um mich und wir fingen an, Regeln festzuschreiben, an die sich alle halten mussten, damit wir überlebten. Wir überlegten, welche Triebe in uns steckten und wie wir sie am besten umlenken und benutzen konnten. Aggressivität, Neugier, Sexualtrieb, Machtstreben, Wunsch nach sozialen Bindungen, Hilfsbereitschaft, alles das lebt in uns und kann kaum unterdrückt werden. Wir begannen mit einer Vielzahl von Sportwettbewerben, mit starker Unterstützung der Schwachen, mit großer Würdigung von Forschung und Wissenschaft, mit Möglichkeiten, seinen Sexualtrieb im virtuellen Raum auszuleben. Nur dem

Machtstreben mussten wir mit unserem Losverfahren jeden Boden entziehen. Und es funktionierte. Jedes Jahr verbesserten wir unsere Regeln, unsere Zivilisation entwickelte sich. Die Einführung der Zehner war wahrscheinlich unsere beste Idee."

„Aber warum nennen dich dann alle den „Overlord?"

„Nun, die Kinder waren nach der Katastrophe sehr unsicher, fürchteten sich vor weiteren Fehlern. Sie haben mir deshalb ein 25%iges Vetorecht gegen alle Entscheidungen des Zehnerrats gegeben. Ich wollte meine Entscheidungsgewalt längst an sie zurückgegeben, aber sie weigern sich standhaft. Heutzutage bin ich so eine Art Ehrenzehner mit einem immerhin nur noch 20%igem Einspruchsrecht, dass ich aber so gut wie nie nutze. Die Zehner regeln alles weitgehend ohne mich. Nur bei den Jahrestagen und bei den großen Sportwettkämpfen im Sommer bin ich als eine Art Ehrengast dabei, ansonsten bin ich ein ganz normales Mitglied im Astro-Pavillon.

„Sport ist super hier", rief Tommy plötzlich.

„Aber wenn jemand nicht sportlich ist?", hakte Fiona ein.

„Es gibt auch Denksportwettkämpfe, Musikauftritte, Tanz- und Theaterveranstaltungen und vieles mehr. Und sollte jemand wirklich in keinem Bereich Erfolg haben, geben wir ihm so viel Training, dass er jemanden schlägt, der in anderen Bereichen problemlos seine Erfolge hat."

„Das heißt, ihr manipuliert."

„Nein, wir betrügen nicht, alle Wettkämpfe sind fair, ohne Doping, aber wir sorgen dafür, dass jeder trotz seiner Triebe glücklich wird. Menschen sind sehr hochentwickelte Tiere, aber eben immer noch Tiere. Wir können unseren Trieben nicht entfliehen, aber wir können sie umlenken. Um Essen und Trinken brauchen wir uns dank der Roboter kaum zu kümmern, und wir haben innerhalb der Sphäre keine Feinde. Die einzigen Auseinandersetzungen, die es hier ab und zu noch gibt, sind durch den Sexual- bzw. Fortpflanzungstriebs verursacht, der sich trotz bester Partnersuche nur schwer beherrschen lässt."

„Der Fortpflanzungstrieb. Wenn ich richtig gerechnet habe, wurden innerhalb von 80 Jahren aus 25 Menschen fast 3000. Ihr habt einen wahnsinnigen Fortpflanzungstrieb."

Die Zahl ist hoch, das stimmt, aber es liegt natürlich auch daran, dass es dank der Repro keinen natürlichen Tod gibt. Die erste, zweite, dritte und vierte Generation leben gleichzeitig und viele von uns wollen vier oder fünf Kinder haben. Wir sind eine kleine Gruppe und scheinbar wächst bei kleinen Gruppen der Wunsch nach vielen Kindern. Natürlich, ihr habt recht, wir müssen schon allein aus ökologischen Gründen eingreifen, darum haben wir beschlossen, dass es ab nächstem Jahr nur noch drei Kinder pro Familie geben soll. Wir wollen die Natur dieses Planeten ja nicht durch eine Masse von Menschen zerstören.

Wir haben viel unternommen und in den letzten 20 Jahren wirklich wahnsinnige Fortschritte gemacht. Einige Rätsel der Fremden, wie wir sie nennen, haben wir immer noch nicht lösen können, aber mit der Stardust, die ihr heute gesehen habt, gehen wir erstmals über ihr Wissen hinaus."

„Was? Die konnten doch bestimmt auch mit mehrfacher Lichtgeschwindigkeit fliegen."

„Ah, da spricht die nächste Generation. Aber zu deiner Frage, Tommy: Wir glauben eigentlich, dass sie das nicht konnten, dass sie vielleicht gar keine Raumschiffe hatten, sondern ihre Wandler mit Raketen zu fernen Planeten schickten und dann dort aus den Wandlern stiegen, ohne selbst durch den Weltraum geflogen zu sein. Die alten Mayas hielten sie wohl für Götter und bauten ihnen Paläste und Pyramiden über den Wandlern."

„Wahnsinn. Und ihr könnt wirklich mit Überlichtgeschwindigkeit fliegen?"

„Ja."

„Wie geht das?"

„Oh, ich glaube, dazu musst du erst mal die Raumzeit verstehen. Für einen Zehnjährigen ist das vielleicht ein bisschen schwer. Melde dich doch mal im Astronomiekurs an."

„Da bin ich schon. Wann können wir denn mit dem Raumschiff zur Erde fliegen?"

Der Overlord zog seine Augenbrauen zusammen. Er sah von einem zum anderen.

„Wollt ihr da wirklich hin zurück? Auf eine radioaktiv verseuchte Erde?"

Der Klang seiner Stimme hatte sich verändert. War er verärgert?

„Aber wir könnten die Menschen doch hierher holen, sie retten."

„Nein. Das ist absolut unmöglich."

„Wieso?"

„Wir sind 5784 Lichtjahre von der Erde entfernt. Wir können unmöglich schneller als zehnfache Lichtgeschwindigkeit fliegen, das heißt., wir wären in 578 Jahren da. Kein Mensch wäre dort noch am Leben."

„Aber. ..."

„Es ist nicht möglich!"

Der Ton des Overlords wurde kalt und sehr bestimmt. Er wollte keine weiteren Fragen zu diesem Thema.

„Habt ihr sonst noch dringende Fragen?"

„Ja, ich...", begann Annabel.

„"Also ...?"

„Warum gibt es hier kein Makeup, keine coolen Klamotten, keine Lipsticks, Fingernails, keine Piercings, Extensions, nichts?"

„Oh, hm, Makeup kenne ich und Lippenstift, der Rest sagt mir nichts, kühle Kleidung finde ich etwas sehr komisch, aber ich denke, ich weiß schon, wovon du redest. Ich probiere es mal mit einer Gegenfrage. Wozu braucht man das?"

„Na, damit man sich besser fühlt, damit man cool ausschaut, weil es einem gefällt."

„Du willst anders aussehen, als du wirklich bist? Bist du unzufrieden mit dir? Hast du nicht genügend Verehrer?"

Annabels Gesicht lief rot an. „Darum geht es doch gar nicht. Eure Klamotten sehen halt einfach Scheiße aus."

„Annabel!", fuhr Fiona auf, aber der Overlord hob nur beschwichtigend die Hand.

„Schon gut. Mach Vorschläge. Zeichne deine Lieblingssachen und reiche sie beim Kunstpavillon ein. Vielleicht bestellen sie sie für das nächste Jahr."

„Nächstes Jahr? Ich will aber jetzt ein Piercing, ein Tattoo, irgendwas Cooles."

„Ich weiß nicht, was ein Piercing, ist und die Tattoos, die ich kenne, sind gefährlich für deine Haut, so dass du so etwas wahrscheinlich nicht bestellen kannst."

„Oh, du Uropa, du ... du verstehst nichts. Männer verstehen einfach null von Frauen."

Der Overlord wirkte etwas konsterniert, sagte plötzlich nichts mehr. Ich musste die Situation retten.

„O.k., ... jetzt lasst mal alle unseren alten Urgroßvater in Ruhe. Annabel, es reicht schon, wenn du uns manchmal nervst."

„Genau, Papa", rief Tommy.

„Ich hasse euch", zischte Annabel.

Mit einem Ruck stand der Overlord auf und wurde laut. „Nein! Niemand hasst hier niemanden. Ich werde mit Janina reden, wie wir dir helfen können. Aber vielleicht musst du dir und uns auch ein bisschen Zeit geben. Schau dir unsere Welt noch ein bisschen an, und dann überleg dir, was du aus deiner alten Welt wirklich noch brauchst, um hier glücklich zu sein. Vielleicht treffen wir uns einfach in zwei Wochen noch einmal hier, um zu sehen, was euch in unserer Welt fehlt. Wir wollen, dass es allen Menschen gut geht. Niemand hasst hier niemanden!"

Er setzte sich wieder. Eine unangenehme Stille breitete sich aus.

„Entschuldigung, es ist für mich sehr ungewohnt, zu jemanden von der Erde zu sprechen."

Wieder Stille. Ich musste schon wieder eingreifen.

„So, Kinder, jetzt lassen wir Uropa Mc Loard endlich mal in Ruhe. Wir wollten uns eigentlich ganz arg bedanken. Wir sind hier so wunderbar aufgenommen worden und haben uns wirklich schon sehr an das Leben hier gewöhnt, auch wenn wir manchmal noch kleine Anpassungsschwierigkeiten haben." Ich schaute Annabel so streng an, wie ich konnte. „Aber ich denke, das ist nach den wenigen Tagen ja auch normal."

„Da hast du wahrscheinlich recht. Wir tun alles, damit es euch gut geht und ihr euch hier auch wohlfühlt. Wenn ihr Hilfe braucht, könnt ihr euch natürlich an Janina oder einen anderen Zehner wenden, aber ihr könnt auch mich jederzeit fragen."

Ich versuchte, das Thema zu wechseln. „Vielen, vielen Dank. Wir sind ja nur durch dieses Foto dem Atomkrieg entkommen und finden uns hier in dieser Traumwelt wieder, das ist für uns immer noch völlig verrückt."

„Der Atomkrieg. Ich habe es immer befürchtet. Erzählt. Was ist passiert?"

## Tommy

Eltern labern immer ewig. Das Essen war super und Uropa war der Beste. Er hatte allein diese ganze Welt aufgebaut und er flog mit diesem Raumschiff zu anderen Planeten. Schade, dass der Quantenwandler nicht mehr funktionierte. Aber warum konnte man nicht mit der Stardust zur Erde nach Hause fahren, wenn sie doch schneller als das Licht fliegen konnte? Ich hatte doch bald wieder Astronomie. Da würde ich das noch mal fragen.

## Annabel

Der Typ sah zwar jung aus, aber er war doch einer von diesen uralten verkalkten Typen, die von nichts eine Ahnung hatten. Sie wollte gar keine Piercings oder Tattoes, höchstens mal schöne Extensions, aber diese langweilige Mode hier war doch echt Scheiße. Niemand, der ein bisschen cool aussah. Und dann dieses „Niemand hasst hier niemanden". Einfach lachhaft. Das würde ich doch gleich mal mit Kylie und Jolie ausprobieren.

## Oliver McLoard

Er setzte sich und starrte vor sich hin. Sie waren gegangen. Sie rissen solche Wunden auf. Warum hatten sie kommen müssen? Die Erde, er wollte die Erde doch vergessen. Und nun war sie zerstört. Endlich.

„Vater?" Adriana kam vom Nebenzimmer.

„Hast du die ganze Zeit zugehört?"

„Ja, aber ich wollte nicht stören."

„Haben wir ihre Zellen?"

„Ja, von allen Vieren. Sie sind reprogrammierbar, aber …

„Ich weiß. Es gefällt mir nicht, was wir hier tun."

„Es ist gegen die Regeln, aber die Ausgangsbasis war verdammt klein und du weißt, wie hoch in letzter Zeit die Ausfallrate ist."

„Ich weiß, aber vielleicht sollten wir trotzdem mit offenen Karten spielen."

„Das können wir immer noch."

„Ich bin zu alt für solche Spielchen."

„Ich weiß, Papa, aber dafür hast du ja mich. Ich kümmere mich darum. Verlass dich auf mich, Papa."

Adriana ging. Sie würde es regeln. Auf sie war immer Verlass. Sie hatte schon lange nicht mehr Papa zu ihm gesagt. Seine erste Tochter, die einzige, der er immer vertrauen konnte. Wie viele Jahre waren vergangen seit Marvin … Und plötzlich stand der Alptraum wieder vor seinen Augen:

„McLoard, leg die Waffe weg und komm raus! Du hast keine Chance."

„Was wollt ihr? Wollt ihr mich umbringen? Ohne mich habt ihr keinen Zugriff auf die Roboter, keinen Zugriff auf nichts. Keine Reprogrammierung, nichts. Ihr werdet nicht überleben. Ihr werdet alle sterben."

„McLoard! Wir haben Adriana. Ein hübsches Mädchen, nur ein bisschen störrisch. Willst du sie noch einmal lebend sehen?"

Er hob seinen Kopf hinter den Boxen. Marvin und zwei seiner abscheulichen Brüder. Marvin hielt Adriana ein Messer an den Hals. Sie sah furchtbar aus. Eines ihrer Augen war völlig zugeschwollen, ihre Kleidung blutverschmiert und zerfetzt. Sie heulte und sah ihn nicht an.

„Ihr Schweine! Lasst sie in Ruhe!"

„Ganz ruhig, Opa. Du legst jetzt deine Waffe weg und gibst uns den Code, dann könnt ihr zwei gehen, wohin ihr wollt. Diese Welt ist groß genug für uns alle."

„Wenn ich dir den Code gebe, bringst du uns beide um."

„Nein, ich lasse euch gehen. Mein Ehrenwort."

„Du hast keine Ehre!"

„Das ist deine Schuld. Ich bin deine Schuld, haha. Und jetzt gib mir den Code oder ich bringe sie um."


Er wachte schweißgebadet auf. Er war eingeschlafen. Nein! Marvin würde nicht gewinnen. Niemals mehr! Ja, vielleicht würde er eines Tages zurückkommen, aber dann wären sie nicht mehr hier.

## Fiona

Sie war enttäuscht. Sie hatte sich Carls Uropa ganz anders vorgestellt, nicht so kühl, so distanziert. Normalerweise umarmten sich Familienmitglieder doch, wenn sie sich lange nicht gesehen hatten. Er hatte keine einzige Frage zu seiner eigenen Familie auf der Erde gestellt, weder zu seiner Frau noch zu seinen Söhnen. Nur als sie ihm erzählten, dass Opa Ben gestorben war, konnte man sehen, dass er die Lippen zusammenpresste und tief durchatmete. Das ging ihm nahe. Sie wollte ihn noch nach seiner Familie hier fragen, aber das hatte sie in der Aufregung vergessen, als Annabel wieder einmal auf Attacke geschaltet hatte. Irgendetwas war sehr merkwürdig an McLoard. Ihr Bauchgefühl hatte sie selten betrogen. Etwas stimmte nicht mit ihm. Aber was?

## Carl

Er war schlecht gelaunt und die anderen im Geologie-Pavillon spürten es.

„Carl, was ist denn los mit dir?"

„Ach, mir scheint der Overlord hat nicht viel Interesse an der Menschheit. Wenn Milliarden sterben, ist ihm das relativ egal."

„Aber das stimmt doch gar nicht". Bernardo drehte sich um. Er war von seinem Einsatz auf der Stardust zurückgekehrt und untersuchte gerade mit den Anderen die Gesteinsbrocken, die er von Kronom mitgebracht hatte, dem einzigen erdähnlichem Planeten im Vicinity-System. Leider bestand die Atmosphäre dort hauptsächlich aus $CO_2$ und Stickstoff und war damit absolut lebensfeindlich. „Nein, du hättest seine Reaktion sehen müssen, als er die Nachricht von eurem Auftauchen bekam. Er stand auf dem Kommandodeck und heulte fast. Er sagte immer wieder: ‚Oh mein Gott. Sie sind alle tot. Sie sind alle tot.' Wir wussten gar nicht, wie wir ihn trösten sollten.

„Wieso sagte er ‚sie sind alle tot'?"

„Na, er nahm wohl an, dass die ganze Menschheit gestorben war."

„Aber …" das konnte er doch gar nicht wissen, wollte ich sagen, aber ich verbiss es mir, denn plötzlich hatte ich die wahre Bedeutung des Satzes verstanden. Ja, so musste es sein. Seine Geschichte war mir gleich so komisch vorgekommen, wie aus einem verdammt schlechten Science-Fiction.

‚Sie sind alle tot.' Nein, damit waren nicht die Milliarden von Menschen gemeint, für die der Overlord offenbar keine großen Sympathien hatte und auch nicht seine Ururenkel, denn die waren ja am Leben. Nein, ich wusste, wer gemeint war, er trauerte nur um seine abgedrehten Forscherkollegen. Von wegen, er würde um seine Familie oder die Erde trauern.

Aber wieso hatte der Overlord dann so viel Energie in die Entwicklung der Raumfahrt gesteckt, während sich andere Bereiche wie die Geologie im Niveau doch kaum von dem der Erde unterschieden?

Ach, was sollte es? Seiner Familie ging es gut und die Erde war 5784 Lichtjahre entfernt. Sie konnten nicht zurück. Und das Leben auf Gaia war schön, fantastisch schön. Er konnte die geologischen Geheimnisse dieser Welt erkunden und vielleicht sogar wie Bernardo auf andere Planeten reisen. Wieso gab es in der Atmosphäre der glutheißen Artemis biologische Moleküle? Wie konnte es auf Wotan Methanflüsse geben? Eisvulkane auf Titan! Was für Kräfte waren hier im Spiel? Es musste eine physikalische Erklärung geben.

## Annabel

„Hi, Kylie."

„Hallo, Annabel. Warst du beim Overlord? Wie war er?"

„Weiß nicht."

„Das sagst du aber oft."

„Ja, ich weiß. Keine Ahnung. Sag mal, magst du eigentlich Jolie?"

„Jolie? Wie meinst du das?"

„Na ja, wenn sie die Aufgaben schneller löst als du, dann ärgerst du dich doch, oder?"

„Hm, ja. Wahrscheinlich habe ich dann einen Fehler gemacht. Aber ich bin auch oft schneller als sie."

„Aber wenn sie schneller ist, dann hasst du sie, oder?"

„Aber warum soll ich sie denn hassen?"

„Na, weil sie schneller und hübscher ist als du."

Kylies Kopf sank nach unten. „Ich weiß, dass ich nicht hübsch bin."

Scheiße, das hätte ich nicht sagen sollen. „Sorry, du bist natürlich auch hübsch, halt ganz anders hübsch."

„Nein, keiner findet mich hübsch. Niemand will mit mir schlafen. Es war nur einmal ein ganz junger Typ bei mir länger im Raum. Der kannte sich nicht aus und hat den Ausgang nicht gleich gefunden. Mit dir haben bestimmt schon viele geschlafen."

„Äh, was?"

„Ja, du bist neu und hübsch. Dich wollen alle ausprobieren. Mit wie vielen hast du denn schon geschlafen?"

„Äh, mit keinem."

146

„Mit keinem? Aber …? Ach so, ich verstehe, du weißt gar nicht, wie das Partner Finding funktioniert, oder? Aber das weiß doch jeder in der Neunten. Hattet ihr denn kein Partner Finding auf der Erde?"

„Doch. Wir haben Parship und es gibt Tinder Matches. Aber das ist doch nicht für 15Jährige!"

„Na ja, eigentlich ist der Zugang hier ja auch erst ab 16 erlaubt. Aber das Passwort ist easy. Schau doch mal in deinen Raum, wer mit dir schon geschlafen hat."

„Niemand hat mit mir geschlafen. Das wüsste ich doch! Warte! Was ist das mit dem Raum?"

„Na, dein Avatarraum."

„Ich check gar nichts mehr."

„O.k. Pass auf. Du weißt doch, was ein Avatar ist, oder?"

„Das ist doch so ein komischer Science-Fiction-Film, aber den habe ich nie gesehen."

„Was? Ein Film? Nein. Schau, jeder von uns hat einen Avatar und wenn jemand mit deinem Avatar schlafen möchte, ist das fast so, als würde er mit dir schlafen."

„Aber ich habe doch gar keinen Avatar erstellt."

„Nein, du natürlich nicht. Aber die Robs machen das. Sie scannen dich ständig. welche Stimme du hast, wie du dich bewegst, welche Kleidung du gerne trägst, was du isst, und so weiter, damit sie dich am besten bedienen können. Sie erstellen einen Avatar und dann kann jeder in deinem Avatarraum probieren, ob du gut zu ihm passt".

„Und die Avatare schlafen dann immer miteinander?"

„Ja, na ja, nein, nicht immer. O.k., ich habe übertrieben. Meistens reden sie nur miteinander, gehen spazieren oder machen sonst irgendwelche komischen Sachen. Aber manche küssen sich auch und einige schlafen tatsächlich miteinander."

„Und kann ich sehen, wer mit meinem Avatar geredet oder geschlafen hat?

„Na ja, normalerweise nicht."

„Woher weißt du dann, dass bei dir ein Junge war, der länger geblieben ist?

„Ähem. Weil ich mich in das System gehackt habe, aber das darfst du niemanden erzählen. Außer dem einen sind bei mir alle sofort wieder rausgegangen. Kurz mal meinen komischen Körper anschauen und dann nichts wie weg."

„Vielleicht stimmt ja etwas mit deinem Avatar nicht."

„Nein. Mit mir stimmt etwas nicht. Du hast schon recht, ich bin nicht hübsch."

„Du bist hübsch. Du siehst fast so aus wie meine beste Freundin auf der Erde."

„Wirklich?"

„Wirklich."

Kylie hob endlich wieder den Kopf.

„Also Kylie, jetzt noch mal zurück zu meiner eigentlichen Frage. Hasst du Jolie manchmal?"

„Nein, warum denn? Du stellst manchmal echt komische Fragen. Warum soll ich sie denn hassen? Sie hilft dir doch bei deinen Aufgaben und wenn sie schneller ist als ich, ist das kein Problem, sondern gut, denn dann strenge ich mich wenigstens mehr an und versuche das nächste Mal schneller zu sein.

„O.k. Ich gebe auf. Der Overlord hat recht."

„Er hat meistens recht. Was hat er denn gesagt?"

„Dass hier niemand niemanden hasst."

„Da stimmt ja auch. Hassen, das heißt ja jemanden ganz arg nicht mögen, so dass man jemandem womöglich sogar in Gedanken etwas Böses will. Warum hast du mich nicht einfach gefragt? Ach lass mich, ich muss jetzt lernen, damit ich besser bin als Jolie. Hübscher werde ich dadurch aber auch nicht."

„Was? Kylie! Kylie, ich wollte dir nicht wehtun. Kylie! Warte!"

Sie verschwand. Was hatte ich jetzt wieder Böses angestellt? Etwas „Böses". Jetzt fing ich auch schon so an. Es war so komisch, wie die Gaianer die allereinfachsten Schimpfwörter aussprachen, als wären sie der volle Weltuntergang. Ich hatte nur einmal „doofe Bitch" zur dummen Laura aus der 8. gesagt, die dauernd so um Arkan herumschlich, und alle schauten mich anschließend an, als wäre ich der Teufel höchstpersönlich. So oft wie hier hatte ich mich schon lange nicht mehr entschuldigt. Diese Welt war mir wirklich einen Tick zu brav. O.k., ich hätte das mit dem „hübscher als du" echt nicht sagen sollen, das war voll Scheiße von mir. Oh Mann, die arme, verrückte Kylie. Ich war so eine Idiotin. Ich war noch ganz in Gedanken, als ich ins Haus trat und Marius' Stimme mich aufschreckte.

„Annabel, wie schön, dass Sie da sind. Was möchten Sie zum Abendessen?"

Er starrte mich an und wartete auf eine Antwort. Er starrte mich an! Scannte er mich etwa? Konnte er durch meine Kleider hindurchsehen? Erstellte er gerade meinen Avatar?

„Schau mich nicht an!"

Marius drehte folgsam seinen Kopf zur Seite.

„Was möchten Sie essen?"

„Nichts!"

# Zwei Wochen später

## Fiona

Endlich hatte ich Roger abgehängt. Er war ja echt süß, aber mein Gott, er musste doch langsam merken, dass ich Carl und meine Familie nie für so ein Abenteuer aufgeben würde.

Janina hatte gesagt, wir sollten die Geschichte der Erde weiterschreiben und die Bibliothek war der beste Platz dafür, mal von der Bildfläche zu verschwinden. Die Bibliothek war immer wieder ein Eintauchen in eine Vergangenheit, die ich manchmal schon fast völlig vergessen hatte.

Ich stand vor dem Regal mit den Anti-Utopien und schüttelte den Kopf. Hier waren die ganzen Bücher, die McLoards Freunde für wichtig und richtig befunden hatten: „1984" von George Orwell, „The Time Machine" von H.G.Wells und „Brave New World" von Aldous Huxley. Und natürlich der Namensgeber für ihre Siedlung: „Metropolis" von Thea von Harbou. Alles bitterböse Anti-Utopien, sozusagen die gesammelten „Tribute von Panem" aus dem letzten Jahrhundert.

Gegenüber im Regal standen die 20 Bände der American People's Encyclopedia und darunter vier einsame Geschichtsbücher. Das neueste (!) Geschichtsbuch von der Erde datierte von 1950 und endete mit dem Zweiten Weltkrieg. Dann ein kleiner gebundener Nachtrag, den McLoard selbst verfasst hatte und der die Geschichte bis 1956 weiterschrieb. Daneben die nagelneue „Geschichte von Metropolis", ein 60seitiger Abriss über die Entwicklung der letzten 85 Jahre, den ich mir im Caller schon wiederholt heruntergeladen hatte, um die Gesellschaft hier zu verstehen.

Ich nahm mir die schwarze Box, die im Regal darunter lag, drückte den Knopf und sie faltete sich zu einem Laptop auf. Ein einziger Ordner erschien: „Geschichte der Erde nach der Trennung". Carl hatte schon viele Seiten geschrieben. Ich korrigierte ein bisschen die 60er Jahre. Typisch Mann, er schrieb über den ersten Mann auf dem Mond und den Vietnamkrieg, aber die Antibabypille und die Frauenemanzipation kamen überhaupt nicht vor. Die Siebziger Jahre waren bei ihm weitgehend o.k., aber in den 80ern …

## Carl

Das Leben auf Gaia gefiel mir immer besser. Man wurde nicht gezwungen zu arbeiten, um zu überleben oder irgendwelche Sachen zu kaufen, die man eigentlich gar nicht brauchte. Wenn ich nur an diese unsäglichen Werbeclips im Fernsehen dachte oder an die riesigen Malls, in denen dreißig Mal der gleiche Artikel von verschiedensten Herstellern herumlag, mit minimalen Preis- und Farbunterschieden, dabei war alles zehnmal teurer als das, was es bei der Herstellung kostete.

Es gab hier keine Multimillionäre mit teuren Privatjets, Luxusschlitten, Penthäusern und riesigen Pools, und es gab keine Armut, keine Slums, keine hungernden Kindern, und keine Kriminalität. Eigentlich hatte das Leben hier auf Gaia schon schwer was von diesem Kommunismus oder vom frühen Christentum: Jeder hatte nahezu das Gleiche: Ein Haus mit einem Garten, eine Plattform, einen Rob und die Möglichkeit, in einem Pavillon seiner Wahl zu arbeiten und zu forschen. Und alle waren zufrieden damit. Man hatte keine Anwesenheitspflicht, aber trotzdem waren alle um etwa 8 Uhr da, um gemeinsam zu überlegen, was man heute in Angriff nehmen wollte. Ein bisschen Ehrgeiz gab es dabei schon, denn man wollte am Ende des Jahres einen guten Film über seine Erfolge machen, der möglichst oft angesehen wurde. Vor ein paar Jahren war der Film des Geologie-Pavillons wenig interessant gewesen und hatte nicht viele Zuschauer gefunden. Daraufhin hatte man vom Zehnerrat alles an Geräten bekommen, was man nur beantragte, damit man im nächsten Jahr mehr vorweisen konnte. Das System funktionierte. Die Zehner ließen niemanden unglücklich werden.

Niemanden ... na ja, es sei denn, man hieß Annabel und bestellte Klamotten. Ich musste jedes Mal grinsen, wenn der Lieferrob vorbeikam und es wieder hieß „vom Zehnerrat wegen möglicher Verletzungsgefahr abgelehnt". Und Annabel bekam den nächsten Wutanfall.

Die Zehner. Ein paar Zwänge gab es auf Gaia schon. Man brauchte Zehner und die wurden alle zwei Jahre ausgelost. Okton war vor vier Jahren Zehner gewesen und fluchte immer noch. Niemand wollte den Job machen, denn dadurch konnte man seinen Forschungen oder Ideen nicht mehr nachgehen, musste sich um die Verteilung der Ressourcen, um die Kontrolle der Arbeitsrobs und vor allem um das Glück der anderen Menschen kümmern. Das mit dem "pursuit of happiness", dem Streben nach Glück, in der amerikanischen Verfassung, das ich immer nur als „Ellbogenkampf, um möglichst reich zu werden" erlebt hatte, wurde hier wirklich gelebt. Ihm war alles untergeordnet. Jeder sollte möglichst Erfolgserlebnisse haben und ein glückliches Leben führen, das seinen Neigungen entsprach.

Ursprünglich kümmerte sich jeder Zehnte um die anderen Neun, aber durch die ganze supermoderne Technik hatte man schnell den Überblick, wer Probleme hatte und was gebraucht wurde. Der Name Zehner war geblieben, aber eigentlich müssten sie Hunderter heißen, denn ein Zehner war heute für das Wohlergehen von etwa 100 Leuten zuständig.

Ein Zehner sollte sich unbedingt mal um die Neue kümmern. Warum war sie da? Seit zwei Wochen hatten sie ein neues Mitglied im Geologie-Pavillon, Nadine. Sie war hübsch und nett, aber sie interessierte sich nicht wirklich für Tektonik, Vulkane, Erdbeben oder Klima. Warum war sie nicht im Künstlerpavillon geblieben? Hatten die Leute dort sie geärgert? Mobbing auf Gaia? Dann hätte ein Zehner doch dort eingreifen müssen. Ihre Fragen zeigten doch schon, dass sie sich nie großartig mit Geologie befasst hatte: Gestern fragte sie tatsächlich, was der Unterschied zwischen Epi- und Hypozentrum wäre. Da sie entdeckt hatte, dass ich mit meinem Wissen über Gaia auch etwas hinter den anderen hinterherhinkte, hatte sie mich scheinbar als Gleichgesinnten auserkoren. Da kam sie schon wieder angeschlichen, dabei wollte ich doch gerade die Satellitenbilder der vulkanischen Inselkette vor der Ostküste auswerten, um die Größe des Manteldiapirs auszumessen. Ein Kaffee? Na gut, o.k. Sie war ja wirklich super nett. Und sie sah ein bisschen aus wie Kate, seine Freundin, bevor er Fiona kennengelernt hatte, die hatte auch so einen lustigen Pferdeschwanz gehabt.

# Tommy

Die Stunde war zu Ende. Warum sollte ich denn noch auf William warten?

„Tommy, du willst doch immer wissen, wieso die Stardust mit Überlichtgeschwindigkeit fliegen kann."

„Ja, ich verstehe es einfach nicht."

„Ich kann es dir auch nicht 100%ig richtig erklären, darum machen wir heute einen kleinen Ausflug."

„Wohin?"

„Zum Astropavillon."

„Echt? Super. Warte, ich sag nur meinen Eltern Bescheid."

Das mit diesem Caller war echt nice. Funktionierte viel besser als die öde Smartwatch zu Hause. Angeblich ging das Teil aber nur in der Inner Sphere, deswegen mussten wir beim Ausflug in den Outer Park nächste Woche zusammenbleiben. Man bräuchte einfach so einen coolen Stirnreif. Mit dem ging alles, auch in der Outer Sphere.


20 Minuten später waren wir da. Der Astropavillon. Überall Modelle von Gleitern und Sternensystemen. Und in der großen Halle arbeiteten viele Menschen an futuristischen Maschinen und Geräten, saßen an Monitoren und diskutierten. Hier will ich unbedingt hin. Hier werde ich mal arbeiten.

„Wohin gehen wir?"

„Wir besuchen Professor Luhansky."

„Wen?"

„Das größte Genie unseres Planeten, Professor Luhansky. So wie Einstein, aber noch viel besser."

„Ich hab' noch nie von ihm gehört."

„Du bist in der 5. Klasse, wärst du in der 9., würdest du den Luhansky-Effekt kennen. Komm, ich hoffe nur, er hat fünf Minuten Zeit für uns. Dahinten, das ist Luhansky."

Ich suchte nach dem Super-Einstein mit seinen strubbeligen weißen Haaren, der die Zunge bleckt, unter all den Leuten, und dann zeigt William auf so einen jungen Typen mit einem schwarzen T-Shirt an einem der Computer, auf dem sich ein Hologramm der Galaxis drehte. Diese Repros bringen einfach alles durcheinander.

„Herr Luhansky?" sprach ihn William von hinten an.

„Ja?" Lukansky drehte sich um und musterte uns von oben nach unten.

„Ich habe vorhin angerufen. Ich leite den Astrokurs an der Schule und wir hätten mal eine Frage. Haben Sie vielleicht einen Moment Zeit, Herr Luhansky?"

„Das kommt darauf an, was ihr wollt."

„Wir wollen wissen, wie man schneller als das Licht fliegen kann", brach es aus mir heraus.

Lukansky sah mich von oben bis unten an. „Du bist doch höchstens in der 6. Klasse. Das kannst du noch nicht verstehen, dafür bist du noch zu jung." Er wollte sich wieder wegdrehen.

„Einstein hat gesagt, es geht nicht, weil dann alle Masse gleich Energie ist. Aber vielleicht geht es ja mit der Quantentheorie. Ich verstehe nur nicht wie."

Er drehte sich wieder zu mir.

„Was weißt du von Einstein und der Quantentheorie?"

„Ich bin Tommy Loard und ich komme von der Erde. Wir hatten dort auch einen Astrokurs, aber es hieß immer, schneller als das Licht kann nichts fliegen, was Masse hat. Es ist unmöglich."

„Ah, du bist einer dieser Erdlinge. Interessante Sache, der Quantenwandler, aber den kann man wirklich nicht mehr reparieren, es sei denn, man hätte das Gegenstück. Den Quantenscanner bekomme ich hin, aber ohne die verschränkten Quanten... Egal. Die Überlichtgeschwindigkeit? Na, also gut. Aber ich versuche es ganz kurz und so einfach wie möglich, o.k.?

„O.k."

Also zuerst einmal: Schneller als das Licht kann man gar nicht fliegen. Wenn ich die Stardust auf Lichtgeschwindigkeit beschleunigen würde, würde ihre Materie zu Energie und wir wären alle tot. An den Grundgesetzen der Physik kann man nichts ändern, man kann sie nur austricksen."

„Was? Wie?"

„Nun, weißt du, was Schwarze Löcher sind?"

„Sie sind ungeheuer schwer, haben ganz viel Masse. Muss man da durchfliegen?"

„Nein, das würde dich in Stücke reißen. Aber ein schwarzes Loch verzerrt den Raum. Verstehst du das?"

„Ja, das habe ich mal im Film gesehen. Die schwarzen Löcher machen tiefe Löcher in den Raum."

„Na ja, Löcher machen sie eigentlich nicht, ihre Masse zieht den Raum nur zu sich. Nun, ob ich jetzt eine gewaltige Menge Materie oder Energie nehme, ist eigentlich egal, aber wenn ich sowas wie ein Schwarzes Loch baue, ziehe ich dadurch den Raum zusammen. Und genau das machen wir. Wir lassen Materie und Antimaterie aufeinander zurasen, so dass sie für einen kurzen Moment eine gewaltige negative Energie erzeugen und den Raum zu sich ziehen. Die Schwierigkeit war immer nur, das eigene Raumschiff aus dem Raum abzukoppeln, der sich mit irrsinniger Geschwindigkeit unter einem wegzieht wie ein Teppich. Dabei durfte der Kontakt zu unserer eigenen Raumzeit ja nicht völlig abbrechen, sonst wären wir im Nichts gelandet. Es hat mich Jahre gekostet, das Problem zu lösen."

„Also fliegt die Stardust gar nicht wirklich mit Überlichtge-schwindigkeit, sondern der Raum unter ihr zieht sich so schnell weg? So wie ein Tuch, dass man schnell unter einem Glas wegzieht?"

„Genau, du hast es erfasst. Das Glas ist die Stardust."

„Ja, und wie schnell kann man den Raum wegziehen?"

„Das kommt nur auf die Menge der eingesetzten Energie an. Man könnte theoretisch 100 Lichtjahre in einer Stunde über-winden."

„Aber, … aber dann könnten wir doch auf die Erde fliegen. Die ist nur 5784 Lichtjahre weg."

„Nein, das ist unmöglich. Das habe ich schon durchgerech-net, als ich von euch Erdlingen gehört habe."

„Aber Sie sagten doch, dass …"

„…, dass man **theoretisch** 100 Lichtjahre pro Stunde schnell fliegen könnte. Theoretisch, aber nicht praktisch. Sieh mal auf die Galaxis hier. Das da sind wir und das ist die Erde. Gehen wir mal näher heran."

Nur noch ein Teil der Galaxis mit Spiralarmen war zu sehen. Zwei winzige Kugeln leuchteten auf.

„So, und jetzt fliegen wir mal von uns aus zur Erde."

Eine winzige Verbindungslinie erschien.

„So, und jetzt schauen wir, was so alles dazwischen liegt. Oh, schau, ganz schön viele Sonnensysteme. Ziemlich übel."

„Aber wieso ist das denn schlimm?"

„Wir verzerren mit unserem Antrieb kurzzeitig den Raum. Wenn wir innerhalb unseres Sonnensystems den Raum verzer-ren, kann die Sonne aus der Bahn geraten, kann Gaia aus der Bahn geraten. Selbst außerhalb des Sonnensystems haben wir Auswirkungen auf unsere Sonne bemerkt und das bei einer nur 20fachen Lichtgeschwindigkeit. Bei einer nur wenig höhe-ren Lichtgeschwindigkeit würde unsere Sonne wahrscheinlich in das künstliche Schwarze Loch gezogen, bevor wir es wieder schließen könnten, und so würde es allen Sonnen auf unserem Weg gehen. Ja, wir können unser Nachbarsystem Vicinity, das fünf Lichtjahre entfernt ist, mit Überlichtgeschwindigkeit in 95 Tagen erreichen, aber viel schneller als 20fache Lichtgeschwindigkeit werden wir wohl nie fliegen, das ist viel zu gefährlich. Der Weg zur Erde würde bei dieser Geschwindigkeit und bei Umgehung aller Sonnensysteme auf dem Weg über 300 Jahre dauern. Ich habe es durchgerechnet."

„Oh, aber ... gibt es keine andere Möglichkeit schneller als das Licht zu fliegen?"

„Bis jetzt ist mir keine eingefallen, aber vielleicht schaffst du das ja, wenn du mit der Schule fertig bist."

„Ja…"

„Seid mir nicht böse, ihr Zwei, aber ich wollte eigentlich gerade die Quasar 3 -Daten hier untersuchen."

„O.k. Entschuldigung. Danke schön."

Es ging also wirklich nicht, es sei denn man zerstörte den ganzen Spiralarm, mit all seinen Sonnen und Planeten. Man musste eine andere Methode finden, schneller als das Licht zu reisen. Aber ich würde eines Tages ins Raumschiff steigen und zur Erde fliegen. Ich würde es schaffen.


## Annabel

Was war denn jetzt wieder los? Kylie hockte hinten im Klassenzimmer zusammengekauert auf dem Boden und heulte. Die Mädchen standen vorne am Pult zusammen. Sie flüsterten miteinander, waren aber offensichtlich sehr wütend.

„Was ist denn los?"

„Frag Kylie!", zischten sie.

Ich ging zu Kylie und nahm sie in den Arm.

„Kylie, was ist los? Was hast du gemacht?"

„Ich habe ihre Partner Finding Accounts öffentlich ge-macht."

„Was? Heißt das, jeder weiß jetzt, wer mit wem zusammen war?"

„Ja."

„Kylie! Warum machst du denn so verrückte Sachen?"

„Weil ich verrückt bin. Und niemand mag jemanden, der so verrückt ist."

„Das stimmt nicht. Ich mag dich. Du bist auch nicht ver-rückt. Na ja, nur manchmal."

„Du verstehst das nicht. Ich schlafe immer nur fünf Stunden, weißt du das? Ich liege in meinem Bett und denke und träume vor mich hin und kann nicht schlafen. Ich kann ein 300 Seiten Buch in drei Stunden durchlesen und stehe vor dem nächsten Buch und komme nicht über die erste Seite hinaus. Ich stehe manchmal einfach neben mir und sehe mir zu."

„Die Menschen sind unterschiedlich. Jeder hat seine Ta-lente."

„Sind die Menschen wirklich unterschiedlich? Sieh dich doch mal genau um. Weißt du, warum ich so anders bin? Meine Mutter ist eine Erstie und ich bin ein Mischling. So, jetzt weißt du es."

„Ein Mischling? Aber so siehst du doch gar nicht aus." Kylie war kein bisschen braun. Es gab hier gar keine dunkelhäutigen Menschen, fiel ihr gerade auf.

„Doch. Meine Mutter ist fünfundachtzig. Sie ist eine der ers-ten Frauen, die hier geboren wurden."

„Was? Aber du… dein Vater…?"

„Mein Vater ist 33. Aber er hat sich in jemanden aus der ersten Generation verliebt. Ja, du kannst deine Geschwister heiraten, das ist erlaubt, aber nicht jemanden aus einer anderen Generation. Meine Mutter hätte seine Großmutter sein können. Es war gegen unsere Gesetze. Kinder aus solchen Verbindungen können schwere Missbildungen haben. In solchen Fällen wird die DNA der beiden Eltern abgeglichen und wenn sie zu sehr übereinstimmt, wird das Kind nicht geboren. In meinem Fall war die Übereinstimmung etwas zu hoch. Aber meine Eltern haben gekämpft. Sie sind vor dem Overlord auf die Knie gefallen, haben geheult und gefleht, bis er sein Veto von 25% beim Zehnerrat für mich eingelegt hat. Aber er hat meinen Eltern gesagt, sie müssten ihr ganzes Leben lang auf mich aufpassen, sonst würde er mich wegschicken, weg zu …"

Sie blickte mich plötzlich erschrocken an. „Ich darf dir das gar nicht sagen."

„Was? Wohin wollte der Overlord dich schicken?"

„Ich darf dir das nicht sagen."

„Ich bin deine Freundin. Hier gibt es keine Geheimnisse."

„Doch, die gibt es. Etwas Dunkles ist passiert, bevor die Regeln geschrieben wurden. Etwas Dunkles, von dem niemand mehr etwas wissen will, von dem keiner reden will."

„Was ist passiert?"

„Ich weiß es nicht. Ich kenne nur einen Namen: Marvin!"

„Wer oder was ist Marvin?"

„Ich weiß es nicht. Ich habe meine Mutter gefragt. Sie sagt es mir nicht, aber sie zittert vor Angst, wenn ich den Namen erwähne. Ich will ihr nicht weh tun. Ich will doch niemandem wehtun."

„Du hast gerade allen Mädchen in deiner Klasse ziemlich wehgetan."

„Es tut mir so leid. Ich habe so einen Mist gebaut."

160

„Du musst dich unbedingt entschuldigen."

„Das kann man nicht entschuldigen. Sie hassen mich jetzt."

„Niemand hasst hier niemanden, das hast du mir doch gesagt."

Kylie heulte schon wieder.

„Kylie, geh jetzt rüber zu ihnen und entschuldige dich. Niemand hasst hier niemanden, o.k.?"

„O.k., ich versuch' es. Aber sie werden mich hassen. Oh Gott, sie hassen mich."

„Nein, das tun sie nicht, sonst gehe ich zu McLoard und sage ihm, dass er Unrecht hat. Geh einfach zu ihnen."

„O.k." Kylie richtete sich auf und wischte sich die tränenverklebten Haare aus dem Gesicht.

„Annabel, versprich mir, niemanden davon zu erzählen, was ich dir gesagt habe."

„Ich verspreche es. Und nun geh."

„Gut."

Die Mädchen standen immer noch zusammen, mit roten Köpfen und schimpfend.

„Hallo."

Sie starrten sie nur wütend an.

„Es, … es tut mir schrecklich leid. Ich …. Niemand hat sich für mich interessiert, alle wollten nur ganz schnell meinen Körper anschauen und keiner der Jungs wollte sich mit mir unterhalten und ich wurde so neidisch auf euch alle, dass ich eure Dates gehackt habe, und euch zugesehen habe. Ich habe geheult, als ich gesehen habe wie zärtlich sie mit euch umgingen. Nicht alle, aber viele. Und jetzt habe ich euch verletzt, weil ich die Zahlen und Namen eurer Dates weitergegeben habe. Es tut mir so leid, ich war so gemein zu euch. Ich weiß gar nicht, wie ich es wieder gutmachen soll."

Jolie sah sie starr an. „Wenn du dich in unsere Dates einhacken kannst, kannst du die Aufzeichnungen doch auch verändern, oder?"

„Ja, aber dann würde wahrscheinlich das ganze System abstürzen, weil die neuen Zahlen nicht mehr mit den alten übereinstimmen."

„Na vielleicht wäre ein Neustart der Dates ohnehin mal angebracht. Ich finde, mein Avatar sieht mir nämlich überhaupt nicht mehr ähnlich. Wenn jemand schon mit mir zusammen sein möchte, dann möchte ich wenigstens so aussehen, wie ich jetzt bin, und nicht so wie eine Zwölfjährige. Wahrscheinlich mögen mich die meisten Jungs dann gar nicht mehr, weil ich jetzt größer bin als sie selbst. Diese Avatare werden scheinbar nur alle paar Jahrhunderte angepasst. Wer ist für einen Neustart?"

Allgemeine Zustimmung. Kylie war gerettet. Im Gegenteil, plötzlich wollten die Mädels alles von ihr über das Hacken wissen. Ich sah Jolie an und sie sah mich an. Sie zwinkerte mit den Augen. Sie hatte sich diese Idee mit dem Neustart ausgedacht, um Kylie wieder in die Gruppe zurückzubringen. Sie war einfach eine Klasse für sich.

McLoard hatte recht. Niemand hasste hier niemanden. Aber wer war dann dieser Marvin und wovor hatte Kylies Mutter Angst? Das würde sie ihn doch gleich mal fragen.

## Oliver McLoard

Adriana kam zum Essen. Es war klar, worum es ging.

„Was machen die Erdlinge?" Er weigerte sich innerlich, diese Leute seine Familie zu nennen, er versuchte neutral zu bleiben.

„Das mit dem Mädchen läuft, kein Problem. Der Junge ist einfach noch zu jung, ich würde noch etwas warten. Der Mann und die Frau sind schwierig, aber ich denke, es könnte funktionieren."

„Adriana, ich weiß, du magst die Idee der künstlichen Minimalmutationen nicht, aber wir könnten damit …".

„Nein, Vater. Keine Monster mehr."

„Sie waren nicht mutiert."

„Sie waren Monster. Du hast ihre Gensequenz gesehen!"

„Es war Zufall. Wir hatten damals noch keine Möglichkeit, den Zufall zu stoppen."

Adriana sagte nichts mehr.

„Adriana, du musst irgendwann damit aufhören. Unsere Welt ist schön, unsere Menschheit wächst und wie wir jetzt erfahren haben, gibt es nur noch diese Menschheit. Es ist wahr, der Genpool ist gering und die Abbruchquote steigt, aber bis die Auswirkungen wirklich ernst sind, können noch viele Jahre vergehen und vielleicht löst sich das Problem von selbst mit ein paar harmlosen natürlichen Mutationen."

# Annabel

Da war ja Uropa, auf seiner Terrasse. Und wer war diese komische, schwarzgekleidete Frau?

„Hallo Uropa."

„Hallo Annabel. Annabel, das ist meine Tochter Adriana. Ich glaube, ihr kennt euch noch gar nicht."

„Nein. Hallo. Ich bin Annabel."

„Hallo. Adriana. Schön, dass du uns besuchst."

Die Tussi war hübsch und lächelte, aber ihr Blick war übelst frostig. Was gefiel ihr nicht an mir?

„Vater sagt, du hattest am Anfang noch ein paar Probleme. Gefällt es dir jetzt hier besser?"

„Ich weiß nicht. Keine Ahnung. Ist schon o.k., eure schöne neue Welt, aber eure Mode … unbedingt verbesserungswürdig. Aber eigentlich wollte ich Uropa was ganz anderes fragen."

„Was denn, Annabel?"

„Uropa, wer ist eigentlich Marvin?"

Das Gesicht des Overlords wechselte mit einem Schlag von opamäßig gütig zu aschfahl.

„Das … das ist … das war ein Junge, der in der Dunklen Zeit gestorben ist. Woher hast du diesen Namen?"

„Irgendwoher. Ich wollte nur mal nachfragen, da mir keiner Antwort gibt. Oh, jetzt habe ich fast vergessen, ich wollte mich ja gleich mit Arkan treffen. Tschüss!"

Natürlich wollte ich mich nicht mit Arkan treffen, aber ich wollte die beiden so verdutzt sitzen lassen. Hihi, das hatte gesessen. Bei dem Wort Marvin war Uropa so was von zusammengezuckt. Irgendetwas stimmte hier nicht. Wenn Marvin damals ganz normal gestorben war, warum hatte dann Kylies

Mutter heute Angst vor dem Namen? Hatten sie Marvin damals umgebracht? Aber nein, die waren doch alle so superfriedlich. Uropa hatte den Satz mit „Das ist" angefangen. War Marvin vielleicht gar nicht tot? Hatte der Overlord gelogen? Ich dachte, die lügen hier noch nicht mal.

## Oliver McLoard

„Woher hat sie diesen Namen?"

„Wahrscheinlich von Kylie."

„Wer ist Kylie?"

„Amarenas Tochter. Das Mädchen hat sich mit ihr angefreundet. Kylie hätte nie geboren werden dürfen. Du hättest es damals nicht zulassen sollen."

„Du hast zu wenig Mitgefühl."

„Du weißt warum."

„Es ist solange her. Marvin ist sicher schon lange tot."

„Vielleicht, vielleicht auch nicht, aber seine Leute sind auf jeden Fall noch am Leben. Und eines Tages werden sie kommen, das weißt du."

„Das kann noch Jahrhunderte dauern. Wir haben die Stardust. Wir können jederzeit gehen."

„Weglaufen löst keine Probleme. Du hattest die Chance sie auszulöschen."

„Adriana!"

# Eine Woche später

## Annabel

Endlich hatte es Arkan geschafft. Sie konnten fliegen. Ein bisschen mulmig war ihr schon, als er ihr sagte, morgen ginge es los. Er wollte ihr scheinbar unbedingt zeigen, dass er etwas Verbotenes tun konnte, und wahrscheinlich wollte er einfach mehr glänzen als George. Sie wusste leider im Moment nicht mehr so recht, ob sie überhaupt mitfliegen wollte. Arkan und sie hielten Händchen und küssten sich, aber ... da war George. Und George gefiel ihr mit seiner zurückhaltenden, manchmal sehr langsamen, aber unbeirrbaren Art immer mehr. Manchmal war er wie wie ein Fels in der Brandung, wenn alle durcheinander diskutierten. Ach Unsinn, was sollte das? Arkan war ihr Freund, sie sollte die Gedanken an George verbannen. Und jetzt flog sie mit Arkan allein in so einem komischen Gleiter hinaus in die Außenwelt. Allein! Was würde passieren? Warum war sie nur immer so ein Großmaul? Egal, sie konnte nicht mehr zurück. Sie schnallte sich an. Der Gleiter startete.

Wow, von oben sah diese Welt echt cool aus. Auf der anderen Seite des Schirms wurde die Welt einfach nur grün, alles voll riesiger Bäume und Blätter und ab und zu ein paar Täler mit silbrig glitzernden Flüssen. Eine wundervolle Welt. Langsam wurden es weniger Bäume und die Landschaft verwandelte sich in eine Art Savanne.

„Arkan, wohin fliegen wir eigentlich?"

„In den Süden. Wir wollen doch ans Meer, oder?"

Scheiße, stimmt, ans Meer. Wollte er schwimmen gehen? Sie hatte keine Schwimmsachen dabei. Oh, nein. Hatte er sich das so ausgedacht? Sie beide am Strand und dann nackt ... Oh, Scheiße, sie wollte noch nicht. Sie hatte seit drei Wochen keine Pille mehr genommen. Keine Ahnung, ob diese Hormondrinks, die die hier nahmen, überhaupt schon wirkten. Nahm Arkan seine Drinks? Immerhin gab es hier diese Dinger auch für Männer. Aber... Oh, Scheiße, ... was war das da unten?

„Arkan, was ist das da unten? Was sind das für Tiere?"

„Eine Herde Bülons. Warte, ich gehe runter."

Bülons? Das war doch das Zeug, das so gut schmeckte, dass sie es als Halbvegetarierin sogar sehr gerne aß.

Der Jet sank und wirklich da unten trabte eine Herde Bülons. Von Büffeln hatten die Tiere aber rein gar nichts, eher von irgendwelchen Saurierfiguren aus Tommys Spielzeugregalen. Die grauen Kolosse da unten hatten kein Fell, sondern ledrige Hautschuppen, aus denen spitze Dornen hervorragten. Igitt, und so was hatte ich gegessen.

Plötzlich begannen die Mehrfachtonner zu rennen. Wow, ein ohrenbetäubendes Getrampel. Eine Wolke aus Erde und Staub stieg aus der Herde auf.

„Was ist jetzt? Haben sie Angst vor uns?"

„Nein. Ich habe auf Akku geschaltet. Unser Gleiter ist gerade ganz leise. Da sind Vanatis."

„Vanatis? Was sind Vanatis?"

„Fiese Räuber."

„Wo?"

„Am Boden, im Gras versteckt."

„Ich sehe nichts."

„Da, sie haben einen Bülon."

Arkan ging noch tiefer. Jetzt konnte ich sie sehen. Sie sahen aus wie kleine schwarze Krokodile und hingen wie Piranhas überall an einem Bülon.

„Dem ist nicht mehr zu helfen. Wenn die Bülons zu langsam sind, hängen sie sich an die Beine und beißen die Achillessehnen durch, bis das Tier fällt und sich alle auf die Beute stürzen"

„Das ist grausam. Ich will das nicht sehen."

„Sie erwischen nur die schwachen, langsamen Tiere. Wenn die Bülons rennen oder springen, gibt es solche Erschütterungen, dass die Vanatis loslassen müssen."

„Bitte lass uns weiterfliegen."

„Ja, ja, o.k. Schau, da vorne ist das Flussdelta und dahinter das Meer. In einer Viertelstunde sind wir da. Wir können am Strand landen und picknicken. Keine Angst, da gibt es keine Vanatis."


Eine Stunde später waren wir nicht am Strand, sondern irgendwo weit draußen auf dem Meer.

„Das gibt es doch nicht. Ich verstehe es einfach nicht. Dieser blöde Autopilot. Er geht einfach nicht mehr weg."

Arkan hämmerte verzweifelt alle möglichen Befehle in den Bordcomputer, die dieser standhaft ignorierte.

„Die müssen beim letzten Ausflug irgendetwas mit dem Landeanflug verändert haben. Es kann doch nicht sein, dass, wenn man ‚Landeanflug' eingibt, der Autopilot startet und einrastet."

„Arkan, wir sind schon verdammt weit draußen. Sollen wir nicht doch lieber deine Eltern anrufen?"

„Nein."

„Und wenn uns der Sprit ausgeht? Stürzen wir dann über dem Meer ab?"

168

„Der Sprit? Keine Angst, wir haben noch... oh verdammt! Scheiße! Wirklich nur noch halb voll und die Akkus reichen auch nicht bis nach Hause. O.k. Ich gebe auf. Ich gebe auf."

Er verschwand in den Passagierraum und sprach in sein Funkgerät. Ich nahm jedenfalls an, dass es das war.

Ich starrte auf die Weiten des Ozeans. So sah also ein romantisches Picknick am Meer aus. Was war das? Da hinten war eine Insel. Vielleicht könnte man ja dort landen? Wenn die blöde Landeanflugapp funktionieren würde. Wir flogen langsam, mit ca. 50 km/h. Arkan hatte es wenigstens geschafft, die Geschwindigkeit zu drosseln. Die Insel wurde größer. Sie .... Da war eine Rauchsäule. Eine Rauchsäule! Jemand lebte auf der Insel. Arkan kam laut in sein Funkgerät sprechend nach vorne.

„Ja, in Ordnung. O.k. Ja, also den grünen Knopf drei Sekunden lang halten und dann auf der Liste nach ganz unten scrollen, den Setup Return drücken und den Autopilot auf Metropolis/Landung stellen. O.k."

„Arkan, da vorne auf der Insel leben Menschen."

„Wir müssen umkehren. Das gibt jede Menge Ärger."

„Du hörst nicht zu. Da vorne auf der Insel leben Menschen."

„Quatsch. Hier gibt es keine Forschungsstation."

„Aber da..." Die Rauchsäule war kaum noch zu sehen. „Vielleicht gibt es ja noch andere Menschen außer den Gaianern auf Gaia."

„Nein, die gibt es nicht. Wahrscheinlich hast du eine Staubwolke gesehen. Sorry Annabel, aber wir müssen sofort abdrehen, sonst reichen die Akkus wirklich nicht mehr bis nach Hause."

Arkan drückte mehrere Knöpfe. Der Jet bremste rapide ab, drehte sich um seine eigene Achse und beschleunigte wieder.

„So ein Mist. Mein Vater wird mich nie wieder fliegen lassen. Es tut mir so leid, Annabel. Ich hatte mich so auf den Strand gefreut."

„Wir holen es irgendwann nach", tröstete ich ihn. Eigentlich war ich froh, dass es nicht geklappt hatte, aber das wollte ich dem völlig zerknirschten Arkan neben mir nicht sagen.

Zwei Stunden später landeten wir wieder in Metropolis und Arkans und meine Eltern standen schon mit verschränkten Armen am Pavillon. Na supi. Das war's wahrscheinlich mit abends ausgehen. Mal sehen, was sie sich sonst noch als Strafe einfallen ließen.

## Tommy

„Tommy, wo willst du denn hin?"

„Na, dem Pfad folgen."

Wir waren zum ersten Mal mit unserer Klasse in der Outer Sphere, dem Bereich, in dem es zwar keine größeren gefährlichen Tiere gab, aber in dem man die Natur sich weitgehend selbst überließ. Eine Art Urwald war entstanden, durch den sich Menschen und Tiere ein paar Pfade getrampelt hatten. Wenn ich Tiere sagte, meinte ich Nasenbären, das waren die größten Tiere, die die Alten hierhergebracht hatten und die sich in den Wäldern versteckt hielten. Wir hatten auf der ganzen langen Wanderung noch keinen einzigen gesehen, dabei hatten wir extra frische Mangos mitgenommen. Wo, zum Teufel, hatten die sich nur versteckt?

„Wir müssen zu den anderen zurück. Wir kommen zu spät, Tommy."

Joshua und ich hatten uns heimlich abgesetzt und waren dem kleinen Pfad ins Dickicht gefolgt. Man musste sich dauernd bücken und Sträucher und Spinnweben aus dem Gesicht fegen, die Nasenbären waren einfach viel kleiner als wir.

„Kein Problem. Schau mal auf die Callermap. Das da ist unser Treffpunkt und da sind wir. Wir gehen hier geradeaus und sind noch vor Frau Silberhaar da. Der Pfad hier ist doch die volle Abkürzung. Die Nasenbären holen sich bestimmt beim Treffpunkt immer ihr Fressen, wenn alle Schüler weg sind, und haben den Pfad hier niedergetrampelt."

„Also gut. Aber wir kriegen bestimmt Ärger."

„Ach Quatsch, Dicker, wir sind schneller, wenn wir dem Pfad folgen und ...AAh!"

Aua! Mein Bein! Oh, und die Hände! Voll aufgerissen. Scheiße, fast wäre ich den ganzen Abhang runtergerutscht. Gut, dass der Strauch im Weg war. Wie komme ich jetzt wieder hoch? Scheißlehm, man rutscht sofort wieder ab. Wow, ist das tief und man hatte vorher null davon gesehen.

„Tommy, Tommy! Halt dich fest! Warte, ich helfe dir. Ich hole einen Ast."

Fünf Minuten später stand ich mit Joshuas Hilfe wieder oben und starrte hinunter. 30 Meter? 50 Meter? Wieso war hier so eine scheißtiefe Schlucht?

„Tolle Abkürzung, Tommy. Ich gehe da auf jeden Fall nicht runter."

„Es ist kürzer."

„Klar. Ey Mann, du wärst fast da unten gelegen. Das ist voll glibberiger Matsch da runter und da drüben ist auch kein Pfad wieder hoch. Bis du da unten und wieder oben bist, sind wir schon drei Mal beim Treff. Komm, wir gehen zurück und rennen den anderen hinterher."

Er hatte recht. Es gab zwar Spuren, die nach unten führten, aber der Pfad war wirklich übelst steil und glitschig. Selbst wenn ich langsam und vorsichtig klettern würde, würde ich ewig brauchen. Dann lieber den langen Weg und rennen. Der lange Weg war schneller, aber das hieß ja …

„Ey, schau mal, da unten."

Da waren die Nasenbären. Sie saßen da unten in der Schlucht, mindestens zehn oder zwölf. Sie hockten auf und neben einem Baumriesen. Da unten war ein großer Mangobaum umgestürzt und sie kamen locker an die Früchte. Deswegen hatten sie heute keinen Bock auf uns gehabt und hatten nicht am Treffpunkt auf bereitwillige Futtergeber gewartet.

„Ich mach nur schnell ein Foto, dann laufen wir los."

Laufen war leider leichter gesagt als getan. Ich hatte mir beim Sturz das Knie verdreht und konnte nicht rennen. So kamen wir erst eine dreiviertel Stunde später völlig erledigt am Treff an. Frau Silberhaar sah uns streng an.

„Wo wart ihr denn?"

„Wir…, wir mussten mal auf Toilette."

„So, so. Wir warten hier schon seit zwanzig Minuten und die anderen sagen, sie haben euch schon seit der Schutzhütte nicht mehr gesehen."

„Aber wir waren doch immer hinten dran. Die haben uns nur nicht gesehen."

„Frau Silberhaar, wir haben sogar Nasenbären gesehen. Schauen sie mal."

In dem Moment, in dem ich meinen Caller öffnete, wusste ich irgendwie, dass ich etwas falsch gemacht hatte.

„Thomas Loard und Joshua Renkrot. Ihr wart an der Schlucht, wo ihr überhaupt nicht hättet sein sollen. Ich will nichts mehr von euch hören. Eure Eltern werden was von mir hören."

Scheiße!


## Annabel

Ich hatte Hausarrest und konnte nicht schlafen. Ich surfte im Caller. Wo war eigentlich diese Insel gewesen? Sie waren ziemlich genau nach Süden geflogen. Genau, da war der Dschungel, dann kam die Ebene mit der Bülonherde und dann das Delta mit den Stränden. Dann ungefähr eine halbe Stunde auf das Meer hinaus. Nichts. Wo war die Insel? Ich verkleinerte und vergrößerte den Ausschnitt. Nichts. Nur Wasser. Die Satellitenbilder zeigten nur Wasser. Die Insel war doch da gewesen! Das war doch nicht möglich! Es sei denn ...die Bilder waren gefaket! Die Rauchsäule über der Insel, das war kein Staubwirbel gewesen. Es gab noch andere Menschen auf diesem Planeten! Und die Gaianer wussten nichts von ihnen und sie sollten auch nichts von ihnen wissen. Aber wer? ...

„Janina!"

Janina hatte den Bildkanal abgeschaltet, wahrscheinlich war sie im Bad.

„Hallo Annabel. Deinen Antrag auf eine neue Schultasche habe ich an den Zehnerrat weitergeleitet, aber wir treffen uns erst am Montag wieder."

„Janina, kennst du einen Jungen namens Marvin?"

„Nein, ich kenne die Namen aller Gaianer, aber einen Marvin kenne ich nicht."

„Angeblich ist Marvin in den Dunklen Jahren gestorben."

„Das kann sein, das war vor meiner Zeit. Aber warte, ich sehe mal im Zentralcomputer nach. Nein, es sind seit der Gründung von Metropolis nur 11 Menschen bei Unfällen gestorben und es war kein Marvin dabei. Du hast dich wahrscheinlich verhört. "

Ich grinste. „Danke, Janina."

„Kann ich sonst noch etwas für dich tun?"

„Nein, danke. Tschüss."

Marvin! Das Feuer auf der Insel, das musste Marvin sein! Der Overlord hatte gelogen. Marvin war nicht tot. Er lebte dort draußen und die älteren Gaianer hatten Angst vor ihm, höllische Angst. Warum? Warum wurden sie hier belogen? Ich musste Kylie anrufen.

Eine halbe Stunde lustiges Gequatsche, aber Kylie wusste auch nicht mehr. Es war alles vor ihrer Geburt passiert. Ich musste Leute aus der ersten Generation fragen. Kylie musste zur Probe in den Musikpavillon. Oh verdammt, ich wollte hier raus.

Immerhin durfte ich am nächsten Tag in die Schule. Noch eine Viertelstunde bis zum Schulbeginn. Wo war Arkan? Ich musste unbedingt mit ihm reden. Er hatte die Insel doch auch gesehen. Ah, da, an der Säule vor der Jungentoilette. Oh, er redete mit George. Ging es um mich? Stritten sie sich um mich? Ich versuchte hinter der Säule heranzuschleichen. Konnte man die beiden hören?

„Mann, Arkan, du magst sie doch gar nicht!"

„Ich mag sie und sie passt zu mir. Ich bin die Nummer 1 auf der Liste. Mit dir funktioniert es nicht so gut!"

„Ich bin auch auf der Liste."

„Auf Nummer 9, mit deiner DNA kommt doch kaum was raus."

„Du Idiot! Das stimmt doch überhaupt nicht! Und was ist eigentlich mit Laura? Ich dachte, du wolltest mit ihr gehen? Ihr wart doch ein Traumpaar."

„Ja, ich weiß, ich wollte ja …, aber Adriana hat gesagt, ich soll mit Annabel zusammenkommen und möglichst viele Kinder haben, das wäre für uns alle auf Gaia das optimale Ergebnis."

„Mit meiner DNA würde es auch gehen."

„Scheiße, da kommt Featherman."

„Aber nach der Stunde reden wir weiter."

„Ja, ja, klar. Aber komm jetzt, sonst flippt er wieder aus."

Sie gingen ins Klassenzimmer. Ich stand wie versteinert da. Ich war auf einer Liste und Arkan wollte mit mir schlafen, damit Gaia das optimale Ergebnis hatte! Oh Gott! Ich sollte mit ihm viele Kinder haben, weil unsere DNAs so schön zusammenpassten! Sie wollten nur meine Eizellen, ich sollte in dieser verlogenen Scheißwelt möglichst viele Kinder zeugen. Als Gebärmaschine brauchte man mich hier. Arkan, dieser miese Schleimer, von wegen Liebe. Und dann die doofe Laura, dieses blöde Babyface! Oh, ich hasse diese ganze scheinheilige verlogene Welt!

Oh nein, ihr Mistkerle, ich werde euch einen gehörigen Strich durch die Rechnung machen. Ich werde zu den echten Menschen fliegen, zu denen, die ihr auf diese einsame Insel verbannt habt. Danke Arkan, für den Code und das Fliegen lassen. Ich weiß jetzt, wo die echten Menschen sind, ohne diese ganze DNA-Scheiße.

Kylie hastete zum Klassenzimmer. „Annabel, komm! Die Stunde fängt gleich an."

„Für mich nicht mehr. Ich fliege zu den echten Menschen."

„Was?" Kylie sah mich fragend an, aber ich hatte keine Zeit mehr. Ich wollte nur noch weg hier, weg von diesem Scheiß Metropolis.

Drei Stunden später befand ich mich mit einigen schnell zusammengepackten Sachen im Anflug auf die Insel. Sie war natürlich wirklich da und ich hatte sie tatsächlich gefunden. Ich war genial, ich konnte fliegen. Wenn meine Freunde in Albuquerque das sehen könnten. Ich beherrschte den Gleiter, konnte ihn nach rechts, nach links, nach oben oder unten ziehen. Geil! Ich beherrschte den Gleiter. Aber warum ging dieses blöde Ding jetzt nicht runter? Sie hatten die Landeanflugapp doch zurückgesetzt. Was war da los?

„Autopilot. Landeanflug fortsetzen!"

„Verweigert! Landung auf diesem Objekt ist nicht gestattet."

„Ich gestatte es dir. Lande jetzt!"

„Verweigert. Das Objekt ist als gefährlich eingestuft. Eine Landung auf diesem Objekt ist nicht gestattet."

„Du mieser kleiner Rob… Warte…. Autopilot, ich habe einen Notfall an Bord. Wir müssen sofort landen. Notfall!"

„Notfalllandung eingeleitet."

„Na siehst du, geht doch!"

Uff, aber musste eine Notfalllandung unbedingt so schnell sein? Der Gleiter zischte ja richtig nach unten. Wo war denn hier die Bremse? Ah, da.

„Notfalllandung blockiert. Systemfehler. Dringend Korrektur erforderlich!"

„O.k., o.k. ich mache es rückgängig." Wo ist denn hier ‚Return'? Der Knopf daneben wahrscheinlich.

„Autopilot abgeschaltet."

„Scheiße! Nein! Schalt dich wieder an. Das ist doch viel zu schnell. Wir stürzen ja ab. **Scheiße!** Warum geht das blöde Ding nicht hoch? **Nein!**"

Mit einem gewaltigen Knall krachte die Maschine in den Sandboden.

„Oh Kacke!"


O.k., ihr war nichts passiert. Aber der Gleiter steckte tatsächlich mit der Nase im Sand und der ganze vordere Teil war ziemlich zerborsten und verbogen. Das Ding war wahrscheinlich Schrott. McLoard würde bestimmt zum ersten Mal in seinem Leben wütend werden. Ach was, McLoard war ihr doch scheißegal. Sollte er doch seine blöde Maschine suchen. Sie war weg von diesen fiesen Gaianern. Wie sah es eigentlich da draußen aus? Immerhin, die Tür ging ja noch auf.

Wow, da war der Strand, ein Sprung, und schon war man unten. Wahnsinn: Palmen, Gebüsch, Sandstrand und Meer, das war ja das reinste Paradies hier. Und der Sand. Sie zog die Schuhe aus. Hui, ganz schön heiß. Oh Mann, das war doch toll hier.

Sie drehte sich um und erstarrte. Hinter dem Gleiter stand ein junger Mann, gerade mal zehn Meter von ihr. Er musste aus dem Gebüsch gekommen sein. Er war nicht alt, vielleicht 16, vielleicht 18 Jahre. Und er hätte durchaus hübsch ausgesehen, wäre da nicht der knallrote Striemen quer über seiner rechten Wange gewesen. Er hatte ein braunes Lederkleid an und eine Art Bogen umhängen, sah damit fast aus wie die Indianer auf ihrem jährlichen Powwow im Reservat.

„Weg!"

„Hallo. Wie heißt du?"

„Weg. Du musst weg! Schnell!"

„Hallo. Ich habe keine Angst vor dir."

Das war ein bisschen gelogen, aber einen wirklich feindseligen Eindruck machte der Typ wirklich nicht, eher einen ängstlichen.

„Ich versuch es einfach noch einmal. Wie heißt du?"

„Du musst weg. Sie kommen. Schnell weg." Er kam hinter dem Jet hervor.

„Schön langsam. Wie heißt du? Ich heiße Annabel und du?"

Er sah sich ängstlich um, blickte dauernd zum dichten grünen Band aus Sträuchern, Bäumen und Palmen, das den Strand umfing. Was war da?

„Jorkin. Du musst dich verstecken. Sie kommen."

„Jorkin, ungewöhnlich, aber ein schöner Name. Und warum soll ich mich jetzt verstecken? Macht ihr auch so komische Rollenspiele?"

Etwas knackte in den Büschen rechts von uns.

„Sie kommen."

Er nahm ihre Hand und wollte sie mit sich reißen, als eine Stimme aus dem Gebüsch erklang.

„Jorkin! Schön, dass du sie gefangen hast."

Dann brachen sie aus dem Gebüsch hervor. Sechs Männer mit Bogen, Speeren und Äxten bewaffnet. Männer? – das waren ... Ungeheuer! Der vorderste war ein großer Mann mit zotteligen schwarzen Haaren und einem halblangen Bart, der ein zerfurchtes Gesicht einrahmte. Dahinter zwei noch größere Männer, kahlköpfige Riesen, deren Augen extrem weit auseinander standen und die sie mit offenen Mündern dümmlich anlächelten, so dass man ihre kaputten Zähne sah. Daneben drei weitere Männer, ein Mann, dessen Arm merkwürdig verdreht war, ein anderer, der riesige Leberflecken im Gesicht trug und ein fast nackter Mann mit tausend Striemen auf dem massigen Oberkörper, der seinen Bogen auf sie gerichtet hatte.

Ich stand wie versteinert da, während sie auf mich zukamen.

„Was? Wer seid ihr?"

„Hahaha! …. Packt sie!"

„Was? Hilfe! Lasst mich …!"

Einer der Riesen stürzte sich auf mich. Ich fiel zu Boden und er hielt meine Hände wie in einer Schraubzwinge fest. Ich spürte seinen ekelhaften Atem über mir.

„Nein! Bitte! Nicht!"

„Frau, schön!", entfuhr es dem Riesen.

„Stopp!", hörte ich den Ruf noch von irgendwoher, dann knallte es und der Riese über mir zuckte zusammen und lockerte den Griff. Ich sah an ihm vorbei. Der Bärtige hatte ihn mit einer Peitsche geschlagen. Der Riese drehte sich um und sah den Bärtigen traurig an.

„Sie gehört zu McLoard und er wird für sie zahlen. Und er wird mehr zahlen, wenn du sie nicht kaputt machst."

„Zahlen?", fragte das Monster über mir dümmlich.

„Ja, zahlen. Essen, Trinken, Waffen, Frauen, so viel du willst. McLoard wird kommen, aber wenn sie tot ist, nützt sie uns nichts mehr."

Der Griff des Riesen ließ weiter nach. Ich wand mich, versuchte mich zu befreien, aber es war unmöglich.

„Wir nehmen sie mit ins Lager. Jorkin, was stehst du so dumm herum? Nimm eine Schnur und fessle sie oder brauchst du erst wieder Schläge?"

# Fiona

Es hatte mit einer ganz einfachen Frage angefangen und das Ergebnis zog ihr jetzt den Boden unter den Füßen weg. Sie hatte sich so sicher gefühlt und mit einem Schlag war die ganze Welt eine andere.

*„Und wie erkläre ich den Kindern, dass die Meerschweinchen eher zu den Mäusen gehören und nicht zu den Hamstern?"*

*„Ganz einfach. Du machst einen DNA-Test."*

*„Was?"*

*„Na, du nimmst ein bisschen Speichel von einem Meerschwein-chen, von einer Maus und einem Hamster und zeigst ihnen das Re-sultat. DNA-Tests kennen sie von den Erwachsenen, wenn die Kin-der bekommen wollen und die Ergebnisse glauben sie dir."*

*„Gute Idee."*

Das hatte sie vorgestern noch gedacht. Und dann dummer-weise auch noch die ganze Klasse und sich selbst den DNA-Test machen lassen. Was für ein Ergebnis! Die Kinder zeigten untereinander lediglich minimale DNA-Unterschiede. Die ein-zige DNA mit etwas größeren Unterschieden war ihre eigene. Sie hatte daraufhin ihre ganze Familie getestet. Annabels und Tommys DNA hatten die kleinen DNA-Unterschiede, wie sie für Geschwister typisch waren, ihre eigene und die Carls zeig-ten größere Unterschiede, wie es ganz normal war. Aber was war mit den Kindern der Gaianer los? Heute hatte sie heimlich die Spucke einiger ihrer Kollegen überprüft: Die gleichen mi-nimalen Unterschiede wie bei allen Schulkindern! Alle Gaianer hatten fast die gleiche DNA, als wären sie alle Brüder und Schwestern! Was stimmte hier nicht? Sie musste mit Carl re-den.

# Carl

Was war nur plötzlich in diese Kinder gefahren? Gestern war Annabel mit ihrem Freund einfach raus in die Außenwelt geflogen und Tommy hatte sich ohne Erlaubnis von der Exkursion entfernt. Und jetzt rief die Schule an und fragte mich, wo Annabel blieb. Was hatte sie nun wieder angestellt? Sie war doch heute früh mit ihren Schulsachen losgelaufen. War das mit dem Hausarrest zu hart gewesen? Er musste Fiona anrufen.

„Fiona, Annabel ist nicht in der Schule und sie meldet sich nicht über ihren Caller. Ich gehe nach Hause und suche sie."

„Ich komme auch. Ich muss dir was ganz Wichtiges erzählen."

15 Minuten später waren wir beide Zuhause.

„Fiona, sie ist nicht da. Ich verstehe das nicht. Auch wenn sie sauer ist wegen dem Arrest, irgendeine Nachricht müsste doch da sein. Na, die kann was erleben, wenn sie wiederkommt."

„Ich weiß nicht. Ich habe plötzlich ganz schrecklich Angst, Carl. Irgendetwas stimmt hier nicht."

„Was meinst du damit?"

„Ich habe DNA-Tests gemacht. Alle Gaianer sind eng miteinander verwandt."

„Na klar. Sie haben ja alle die gleichen fünfundzwanzig Urgroßeltern."

„Nein, dafür sind sie viel zu eng miteinander verwandt. Sie sind alle wie Brüder und Schwestern."

„Was?"

„Der Overlord. Er hat uns nicht die Wahrheit erzählt. Hier stimmt vieles nicht. Und … ich habe einen Verehrer."

„Nichts Ernsthaftes, hoffe ich." (Ich musste unwillkürlich an Nadines merkwürdige Annäherungsversuche denken).

„Er hat versucht mich zu küssen. Aber ich glaube, er hatte den Auftrag, mit mir zu flirten."

„Den Auftrag?"

„Ich habe ihn weggestoßen und dann habe ich gesehen wie er anschließend ganz aufgeregt mit Adriana gesprochen hat."

„Adriana?"

„Ja, der Tochter des Overlords."

Die Tür glitt zur Seite.

„Kylie! Warum bist du nicht in der Schule? Weißt du, wo Annabel ist?"

„Ich, ich … es ist alles meine Schuld", schluchzte Kylie.

„Was?"

„Ich glaube, sie ist zu Marvin geflogen."

„Was?"

# Fiona

Zehn Minuten später standen wir in der großen Halle vor Oliver McLoard und Adriana.

Der Overlord war kreidebleich.

„Und sie sagte wirklich, sie würde zu den echten Menschen fliegen?"

„Ja, und sie hat mir von einer Rauchsäule über einer Insel erzählt."

„Oh mein Gott, sie ist wirklich bei Marvin." Der Overlord ließ verzweifelt den Kopf hängen, doch Adriana hatte nur wütende Blicke für Kylie.

„Du hast ihr von Marvin erzählt, nicht wahr?"

„Ich … es tut mir so leid", wimmerte Kylie.

„Wenn sie stirbt, ist es deine Schuld", presste Adriana kühl hervor.

**„Nein, es ist deine Schuld**!" Eine laute Stimme vom Eingang. Eine große rotblonde Frau mit wallendem Haar kam mit schnellen Schritten auf uns zu. ‚Eine echte Walküre', dachte ich bei mir. Was passierte jetzt?

„Amarena!"

„Du bist schuld, Adriana! Hätte sie von Marvin und seinen Taten gewusst, wäre sie nie dahin geflogen. Wenn sie jetzt stirbt, ist es deine Schuld, du Mörderin."

„Ich bin keine Mörderin!" Adrianas Stimme begann zu zittern.

„Du hast dein eigenes Kind umgebracht und jetzt hast du das Kind dieser Menschen umgebracht!"

Adrianas Kälte brach plötzlich in sich zusammen. Tränen füllten ihre Augen und ihre Stimme. Sie atmete heftig.

„Ich …. Es war nicht mein Kind. Ich …"

**„Schluss jetzt!"** Der Overlord hatte sich wieder gefangen. „Wir fliegen zur Insel. Marvin ist schlau. Er wird sie nicht gleich töten, sondern auf uns warten."

# Annabel

„Friss!"

Der Kahlkopf schob einen Holznapf mit einem undefinier-
baren weißgrauen Brei durch das Holzgitter. Ein winziger
Knochen mit Fleisch ragte aus der Soße. Ein Froschbeinchen?

„Ich esse nichts von eurem Schweinezeugn."

„Dann stirb!"

Er grinste blöde und stapfte zurück zu Morlock und seiner
Gruppe an einer der Feuerstellen.

Ich musste schon wieder heulen. Ich würde hier sterben.
Mein Gott, warum? Warum? Ich war ja so ein Idiot!

Ein Baby hustete ständig an einem anderen Feuer. Ich
blickte auf. Eine Ansammlung von Holzhütten, gedeckt mit einer Art Stroh. An einer Stelle sah man noch das Tor in der Pa-
lisadenbefestigung, durch das man sie hereingeschleppt hatte
wie ein Stück erbeutetes Vieh. Jorkin erhob sich vorsichtig von
seiner Gruppe, blickte ständig zu Morlocks Leuten, die irgendwelche kleinen Tiere am Feuer brieten. Eidechsen, Frösche? Er
schaffte es zu mir, ohne dass sie es bemerkten.

„Jorkin, Jorkin, lass mich hier raus."

„Iss, sonst halten sie dich fest und stopfen dir das Essen in
deinen Mund."

Er starrte auf meinen Napf.

„Du hast es besser als wir alle. Du bekommst sogar Fleisch.
Sie brauchen dich, bis der Overlord kommt."

„Jorkin! Bitte! Hilf mir!"

„Es ist nicht Zeit."

„Zeit? Wofür?"

„Jorkin. Was machst du da? Geh weg, du Missgeburt!" Morlock erhob sich mit seiner Peitsche.

184

Jorkin rief „Frau. Riecht gut!" und rannte schnell zu seiner Gruppe.

„Haha, ihr bekommt sie alle, wenn der Overlord kommt, und wenn wir noch etwas von ihr übriglassen." Morlocks Gruppe lachte. Er setzte sich wieder.

Oh Gott, o Gott! Bitte, der Overlord muss mich retten. Bitte!

Jorkin hatte es zu seiner Gruppe geschafft, bei der ein großer Pott über einem Feuer hing. Er flüsterte mit den anderen, ein paar Jugendliche und ein paar Frauen mit Babys. Das Baby hustete die ganze Zeit. Ein junger Mann aus einer anderen Gruppe ging zu der Frau mit dem Baby, nahm es an sich und versuchte es durch Herumtragen zu beruhigen. Er sah zu Morlock, dann beugte er sich kurz zu Jorkin, flüsterte ihm etwas zu und lief weiter.

Ich musste auf die Toilette. Ich starrte auf das Erdloch hinten in meinem Käfig. Oh Gott, das waren solche Schweine. Bitte Mama, Papa, Uropa, holt mich hier raus!

## Drei Stunden später

### Fiona

Nach dem zweiten Inselüberflug waren wir da. Sie warteten am Strand auf uns. Etwa zehn bewaffnete Männer und sie hatten Annabel als Gefangene bei sich. Der Gleiter landete 50 Meter entfernt von der Gruppe und wir stiegen aus. Solange wir uns nicht mehr als zwei Meter wegbewegten, waren wir durch den Schirm des Jets vor Angriffen geschützt. Mein Gott, zwei kahlköpfige Riesen, ein Buckliger, ein Einäugiger, …. ausgerüstet mit Armbrüsten, Schwertern und Speeren. Was war das für eine Gesellschaft?

Die Stimme des Anführers schallte über den Strand.

„McLoard. Schön dich zu sehen!"

„Wer bist du? Wo ist Marvin?"

„Ach, du meinst Opa. Ihr habt ihn nicht gut behandelt, aber er ist immer bei uns."

Er winkte einem seiner kahlköpfigen Riesen, der eine Stange nach vorne brachte, auf der ein blankgeputzter Totenschädel thronte.

„Opa ist alt geworden und hat zu viel gefressen, da hat Papa ihm die Kehle durchgeschnitten. Jetzt kann er nichts mehr fressen, hihi. "

Ich erschauerte. Was für Monstren von Menschen waren das?

Annabel versuchte zu schreien, aber sie hatte einen Knebel im Mund. Ihre Arme waren auf den Rücken gefesselt und der zweite der Riesen hielt sie an einem Strick fest.

„McLoard. Wir haben hier einen schönen Fang. Willst du ihn haben?"

„Lass sie frei. Sie hat dir nichts getan."

„Nein. Aber diese Insel ist zu klein für uns und wir würden auch gerne so frisch und jung aussehen wie du. Du bringst uns nach Metropolis und du bekommst die Kleine unversehrt zurück."

„Nein. Ihr wollt nur nach Metropolis, um über Gaia zu herrschen."

„Aber nein, wir wollen uns nur etwas frisch machen. Aber na ja, eigentlich hast du recht, Gaia ist groß, das könnten wir uns schön teilen. Du darfst die zwei kleinen Kontinente beherrschen und ich den großen oder umgekehrt."

„Ich will nicht herrschen!"

„Dumm von dir. Wer nicht herrscht, der wird beherrscht, so einfach ist das. Und jetzt bring uns nach Metropolis."

Ich sah, wie McLoard mit sich kämpfte. „Nein. Niemals."

„Gut, dann sieh zu, wie das Mädchen hier wegen dir stirbt. Aber erst nachdem wir uns mit ihr vergnügt haben."

Er nahm Annabel den Knebel aus dem Mund und die schrie sofort los.

**„Hilfe! Hilfe! Mama! Mama! Papa!"**

McLoard starrte Morlock an, dann schloss er die Augen, atmete tief durch und setzte zum Sprechen an.

Adriana sah es und fuhr auf: „Nein, Vater, nein, nicht noch einmal. Sie ist nur eine Person und sie würden Hunderte ermorden und vergewaltigen. Bitte Vater, nicht noch einmal!"

McLoard starrte Adriana verzweifelt an, blickte wieder zurück zu Annabel. Die laute Stimme Morlocks durchbrach die Stille.

„McLoard! Ich habe meinen Leuten Spaß versprochen. Sieh zu, alter Mann. Vielleicht macht dich das ja an?"

Er riss Annabel das Kleid vom Leib und winkte ihrem Bewacher. Der Riese grinste, warf sie zu Boden und Annabel schrie auf.

**„Nein! Nein!"** Ich konnte nur noch schreien. Wie durch einen Schleier sah ich, wie Carl losspurtete.

**„Carl!"**

Ich wollte ihn stoppen, aber es war zu spät. Er stürmte auf den Riesen zu. Der Kahlkopf drehte sich kniend über Annabel um und stand nur halb auf. Er grinste, doch Carl war schnell und schaffte es mit voller Wucht, mit seinen Beinen seinen breiten Brustkorb zu rammen. Der Riese blickte überrascht, wankte und fiel tatsächlich mit Carl zusammen um. Carl stand schneller auf, stand über dem Giganten … und sank zusammen. Morlock hatte mit einer Art Baseballschläger zugeschlagen. Carl regte sich nicht mehr.

„Carl! Nein!"

„Morlock mag es nicht, wenn man seine Brüder schlägt."

„Carl! Carl!" Ich wollte zu ihm laufen, aber McLoard hielt mich auf. „Das ist sinnlos, Fiona."

Morlock stupste den reglosen Carl mit dem Fuß an. Der stöhnte.

„Oh, er lebt noch. Ey, McLoard, seit wann können denn deine Scheißleute kämpfen? Auch egal. Jetzt kannst du gleich zweimal zusehen, was wir mit deinen Leuten machen, wenn du uns nicht gibst, was wir wollen. Wir fangen erst mal mit diesem Schwachkopf hier an."

Er zog sein Schwert.

„Ich glaube, er braucht seine Hände nicht mehr."

**„Oh Gott, bitte nicht!"** Ich schrie und schrie. Ich schloss die Augen, konnte nicht hinsehen. **„Bitte, Morlock! McLoard, bitte!"**

Morlock grinste, hob sein Schwert und …ein Zischen, und dann …Stille.

Ich öffnete die Augen wieder. Morlock stand wie erstarrt über Carl. Er zitterte. Ein großer Pfeil ragte aus seinem Rücken.

Zisch! Zosch! Zwei weitere Pfeile. Das Schwert entfiel seiner Hand. Morlock drehte sich langsam um seine eigene Achse und sank zu Boden.

„Du wirst hier niemanden mehr beherrschen!"

Ein junger Mann mit einem hässlichen roten Striemen im Gesicht stand aufrecht am Waldrand. Neben ihm bestimmt zwanzig Jugendliche, Kinder zum Teil, alle mit gespannten Bogen in den Händen.

„Es ist vorbei. Er ist tot. Legt die Waffen nieder oder sterbt mit ihm."

Morlocks Truppe zögerte. Einer der Riesen hob seinen Speer und wurde im nächsten Moment von mehreren Pfeilen getroffen. Er wankte, dann fiel er nach vorne. Morlocks Männer blickten sich an, dann ließen sie langsam ihre Waffen sinken.

Der Junge trat mit einem etwas älteren Mann nach vorne, zu Carl und Annabel. Der Mann hatte etwas in seinem Beutel.

„McLoard!"

Oh nein, neue Anführer, welche Forderungen würden sie wohl stellen?

„Was wollt ihr? Ich werde euch nicht nach Metropolis bringen. Ich lasse mich nicht mehr erpressen!"

Der junge Mann nahm Annabel die Fesseln ab und half Carl auf die Beine.

„Geht. Geht zu euren Leuten!"

„McLoard!" Der Mann mit dem Beutel hatte eine starke laute Stimme. „McLoard. Du hast unsere Großeltern hierher verdammt. Aber ..." Er öffnete seinen Beutel und der Kopf eines Babys schaute heraus. „... unsere Kinder sind krank. Sie sterben! Ich weiß, du kannst sie retten! Hilf ihnen!"

Annabel war bei uns angelangt, ächzte unter Carl, den sie stützen musste.

„Uropa, er sagt die Wahrheit. Sie haben nichts zu essen. Sie sind am Verhungern!"

McLoard starrte auf den Mann und das Baby. Das Baby fing an zu husten und zu schreien.

„Aber ... sie hatten doch alles, was sie brauchten!"

„Uropa, sie haben nichts! Die Kinder sterben!"

McLoard starrte ungläubig auf den Mann mit dem Baby.

„Aber das...das habe ich nicht gewollt. Das habe ich nicht gewollt!"

Eine Träne rollte über seine Wange.

„Öffnet den Schirm. Gebt ihnen alles, was wir an Bord zu essen haben. Bringt die Kranken zu mir."


## Annabel

Zwei Stunden später war der Gleiter wieder startbereit. Allerdings hatte sich die Besatzung etwas verändert. Fünf kleine Kinder saßen mit ihren Müttern zwischen uns. Wir waren alle an Bord, nur Kylie fehlte noch. Sie saß mit diesem Jorkin am Strand. Die beiden redeten und redeten.

„Kylie! Komm endlich!", rief Amarena.

Kylie starrte Jorkin an, dann drehte sie sich langsam zu uns um.

„Nein, Mama. Ich möchte hierbleiben. Diese Menschen kennen nur rohe Gewalt und Entbehrungen. Sie können kaum lesen und schreiben. Sie brauchen hier jemanden, der ihnen hilft, der sie lehrt, ein anderes Leben zu führen, damit sie wieder nach Metropolis zurückkehren können. Ich möchte hier eine Schule aufbauen. Hier habe ich eine Aufgabe und meinen Abschluss kann ich auch später noch nachholen.

Amarena starrte ihre Tochter einen Moment lang überrascht an. Dann lächelte sie. „Gut. Bleib, Kylie. Wir schicken dir Essen und alles, was du für deine Schule brauchst."

Kylie lächelte. Sie sah zu Jorkin und dann zu mir. Sie strahlte. Ich hatte Kylie ja noch nie strahlen gesehen.

„Annabel, du kommst mich doch besuchen, oder?"

„Sicher. Auch wenn ich dann womöglich bei Herrn Featherman fehlen werde."

Kylie grinste, hob die Hand zum Gruß, drehte sich um und lief zurück zu Jorkin.

## Carl

Oh, der Kopf tat noch übel weh, aber es ging mir schon wieder etwas besser. Es war verrückt gewesen, gegen diese Mistgeburten anzukämpfen, aber ich hätte nicht zusehen können, wie sie Annabel etwas antun. Ich hatte ein paar Mal versucht American Football zu spielen und immer war ich es gewesen, der gefallen war. Aber diesmal war der Riese gefallen. Nur dieser Mistkerl von Morlock …Oh, der Kopf tat so weh.

McLoard wandte sich vom Pilotensitz nach hinten.

„Carl, mach langsam."

„Ach, o.k., es geht schon wieder."

„Wir landen gleich und setzen die Kinder am Gesundheitszentrum ab. Möchtest du auch erst einmal ins Gesundheitszentrum?"

„Später. Erst will ich wissen, was hier eigentlich los ist, wer diese Leute waren und weshalb ihr sie vor uns versteckt habt? Was hat das Ganze zu bedeuten?"

„Du hast recht. Am besten treffen wir uns alle zusammen in einer halben Stunde im Center und ich werde euch alles erzählen."

„Gut, in einer halben Stunde."

## Tommy

Jetzt habe ich es wieder. Genau. Es ist mir wieder eingefallen. Diese blöde Exkursion. Die lange Strecke ist natürlich schneller! Genau, das war es. Das war die Lösung. Und im Tablet kann man es auch ganz klar sehen. Aber wo, zum Teufel, sind denn alle hin? Ihre Caller gehen gar nicht, das heißt, sie sind in der Außenwelt. Aber Annabel darf doch gar nicht weg. Ist sie schon wieder abgehauen? Egal, ich muss in den Astro-Pavillon, zu Luhansky. Er muss sich das ansehen. Scheiße, warum darf man als 10jähriger keine Plattform rufen, jetzt muss ich laufen.

## Carl

Eine halbe Stunde später im Zentrum. Am großen Tisch am Ende der Halle saßen McLoard und Adriana auf der einen Seite und auf der anderen ich, Fiona und Annabel.

McLoard räusperte sich.

„Liebe Loards, es tut mir unendlich leid, was passiert ist und es ist auch wirklich durch nichts zu entschuldigen."

Annabel konnte sich nicht mehr halten. „Ihr wolltet uns als menschliche Bruthennen benutzen, für eure genmanipulierten Menschen hier."

„Nein, niemand ist hier genmanipuliert."

Fiona fuhr auf: „Doch. Die DNA ist bei allen Gaianern fast gleich. Sie sehen zwar unterschiedlich aus, aber sie sind sich genetisch alle so ähnlich, als wären sie Geschwister. Wie erklären Sie sich das?"

McLoard atmete tief durch.

„Gut. Sie sind sich genetisch sehr ähnlich, das stimmt, aber sie sind keine Geschwister."

Er machte eine Pause, holte Luft und begann zu erzählen:

„Ich habe euch gesagt, dass jeder der fünfundzwanzig Mitglieder des Teams Vater von 4-5 Kindern sein wollte. Roman übernahm ihr Sperma und vereinigte es im Reagenzglas mit den Eizellen. Nun ja, leider waren wir alle Männer zwischen 55 und 70. Die Masse der Spermien war völlig unbrauchbar, hatte keinen Antrieb oder war mit grässlichen Mutationen auf der DNA versehen. Die meisten unserer Leute konnten eigentlich gar keine Kinder mehr zeugen. Dazu kam die schlechte Aufnahme der Embryos in den Gebärmüttern der Leihmütter. Es gab eigentlich nur einen Spermienspender, bei dem es fast immer funktionierte und das … war ich. Unser ganzes Projekt wäre gestorben, hätten nur die fünf Samenspender, bei denen es leidlich funktionierte, Kinder bekommen. Alle anderen wären ohne Kinder dagestanden. Da entschlossen sich Roman und ich zu einem kleinen Schwindel. Wir erzählten allen, dass mit ihrem Sperma vier Kinder geboren worden wären. In Wirklichkeit waren bestimmt ein Drittel der Kinder meine Kinder und die anderen zwei Drittel die der anderen 4 Kandidaten. Manchmal wunderten sich meine Freunde über ihre Nachkommen, aber alle glaubten den Betrug oder sie wollten ihn zumindest glauben."

„Das heißt, die gesamten 3000 Gaianer sind aus dem genetischen Material von nur fünf Menschen entstanden?"

„Ja. Und dadurch, dass alle untereinander Nachkommen zeugten, hat wohl jeder Gaianer Merkmale meiner DNA. Sie sind keine Klone, nein, aber ja, sie sind sich sehr ähnlich, leider zu ähnlich, so dass die Rate der genetischen Fehler bei jeder Neukombination sehr hoch ist."

„Und als wir hier ankamen, wolltet ihr, dass wir eure DNA-Basis durch neue DNA vergrößerten."

„Wir hofften es. Wir hätten euch einfach fragen sollen, ob ihr euch vorstellen könntet, eure DNA zu spenden, aber …" - Er sah zu Adriana – „wir dachten, ihr würdet dem nicht zustimmen. Dann entstand dieser Plan, euch den idealen Partner zukommen zu lassen und …"

„Und dann sollten wir möglichst viele Babys produzieren", rief Annabel empört.

„Ich habe einen riesigen Fehler gemacht und ich kann euch nur um Entschuldigung bitten. Ich war so sehr auf die Stardust und die Möglichkeit, dieser Welt und Marvin zu entfliehen, fokussiert, dass ich nicht recht realisierte, was wir euch antaten."

„Und Marvin? Wie kam er auf die Insel?"

„Als der Quantenwandler nicht mehr funktionierte, waren wir zu wenig Erwachsene, als dass wir die Jugendlichen hätten noch bändigen können. Die Kinder wählten Marvin zu ihrem Anführer. Unsere Erziehung war damals noch nicht perfekt. Marvin verbreitete mit seinen Freunden Angst und Schrecken in Metropolis und nutzte die anderen Jugendlichen für seine eigene Bereicherung aus. Er wollte über die Gaianer herrschen, ein System wie auf der Erde würde wieder entstehen, mit all seinen Ungerechtigkeiten. Ich versuchte ihn zu stoppen, entzog ihm die Kontrolle über die Robs, aber er nahm mich gefangen und setzte mich und Adriana in der Außenwelt aus."

„Du hättest mich sterben lassen sollen", zischte Adriana von der Seite.

„Nein, Adriana, nun es ist wirklich genug. Ich weiß, du trägst den Hass immer noch in dir. Aber du bist an dieser ganzen Geheimnistuerei schuld, schuld daran, dass Annabel hier fast zu Tode gekommen wäre, sie fast das gleiche Schicksal wie du damals erlitten hätte."

Adriana senkte den Kopf und stammelte „Aber das wollte ich doch nicht!" Sie kaute auf ihren Nägeln und begann zu schniefen.

„Du und ich, Annabel, die erste Generation, wir haben noch Schäden von einer Zeit der Ängste. Die Gaianer von heute kennen keine Angst mehr, sie kennen keine Lügen mehr und wir sind es, die sie dazu angestiftet haben. Die Gaianer sind eine wunderbare Menschheit, eine gefestigte Menschheit ohne Krieg, ohne Hass und Neid. Vielleicht sollten wir uns einfach aus ihrer Welt heraushalten."

Adriana begann leise vor sich hin zu weinen. Sie war längst nicht mehr die herrische Person von früher, sondern eine zutiefst getroffene schwache Frau, die jahrzehntelang ihr Trauma immer wieder durchlitten hatte.

„Also Marvin hat euch damals ausgesetzt. Aber wieso ist er selbst dann auf der Insel ausgesetzt gewesen?"

„Er war sich zu siegessicher. Er glaubte nicht, dass ein alter Mann und ein junges Mädchen eine Gefahr sein könnten. Wir waren ja ohne Waffen hilflos den Raubtieren der Außenwelt ausgesetzt. Aber ich kannte die Außenwelt. Wir schliefen auf den Bäumen und schlichen am Tag am Schirm entlang. Es gab einen Tunnel unter dem Schirm, den Wühlrattenechsen gegraben hatten. Ich hatte den Robs den Auftrag geben wollen, ihn zu schließen, als Marvin die Herrschaft übernahm, aber er dachte ja nur noch ans Feiern. So kamen wir wieder in die Inner Sphere, übernahmen die Kontrolle über die Robs und betäubten Marvins Leute mit ihrer Hilfe."

„Wie kann man denn die Robs kontrollieren?"

„Heutzutage hat jede Familie einen Rob und die Zehner kontrollieren die Arbeitsrobs, aber damals hatte ich als letzter der Gründer die Kontrolle über alle Robs. Für den Fall, dass die Roboter sich irgendwann gegen uns wenden würden, gab es ein Notfallaus für sie. Als Marvin sich mit seinen Schlägern immer mehr durchsetzte, aktivierte ich das Notfallaus, doch Marvin hat es mit dem Code aufgehoben, den ich ihm geben musste, um Adriana zu retten. Er hat damit die Steuerung aller Robs übernommen. Allerdings reagieren sie ja immer noch auf die ursprünglichen Alphawellen. Ich nahm unseren alten Alphawellenverstärker und gab einem Arbeitsroboter den Auftrag, Schlafgas in die Zentrale zu pumpen, in der Marvins Gruppe feierte. Dann rief ich ein paar vernünftige Jugendliche zusammen. Wir verfrachteten die Benommenen in einen Jet und setzten sie mit Nahrung und ein paar Waffen aus dem Museum auf der Insel aus. Wir dachten, sie würden vielleicht sterben, aber sie waren intelligent, bösartig intelligent. Nach zwei Jahren besuchten wir sie heimlich. Sie vermehrten sich, begannen Boote zu bauen, lernten sogar Metall zu schmelzen. Und sie griffen uns an, versuchten unseren Gleiter zu stürmen. Danach sind wir nie wieder hingefahren, wollten sie einfach nur noch vergessen. Wir befürchteten immer, sie würden irgendwann zurückkommen. Wir ahnten ja nicht, dass sie zu gierig waren und alle großen Tiere der Insel töten würden, statt sie zu züchten. Wir hatten ihnen Getreidesamen gegeben, aber statt für alle ausreichend zu säen und zu ernten, nahmen die Stärkeren das meiste Getreide und gaben den Schwächeren fast nichts ab, so dass viele Kinder an Hunger und Krankheiten starben. Aber davon wussten wir nichts. Wir hofften nur, dass sie nie wieder auftauchen würden."

„Und mit dem Raumschiff wolltet ihr den Marvins entkommen?"

„Nicht nur. Natürlich wollten wir eine Möglichkeit zur Flucht haben, aber andererseits wird Gaia durch die Tiere und Pflanzen der Erde immer weiter verändert, was irgendwann zu einer ökologischen Katastrophe führen könnte. Wir suchen einen Planeten, der erdähnlich ist, aber ohne höhere Lebensformen darauf, um diesen Planeten dann langsam zu einer zweiten Erde umzugestalten."

„Aber warum fliegen wir denn dann nicht einfach zurück zur Erde?" Tommy hatte sich hereingeschlichen.

„Das habe ich dir doch schon erklärt. Die Erde ist 5780 Lichtjahre entfernt und …"

„Und man kann mit 3000facher Lichtgeschwindigkeit fliegen."

„Nein."

„Doch. Luhansky sagt, es geht."

„Aber dann würde man doch…"

„Sehr viele Sterne und Planeten vernichten. Nein, das stimmt nicht. Schau her, Uropa."

Tommy öffnete seinen Laptop und zeigte auf ein Modell der Galaxis.

„Es geht. Schau, man muss nur langsam aus diesem Spiralarm herausfahren in den sternenlosen Rand der Galaxis, dort beschleunigen und dann beim Spiralarm der Erde wieder eintauchen. Man kann in zwei bis drei Jahren dort sein. Lukansky hat es auch gesagt. Wann fliegen wir?"

McLoard blickte den Jungen, der ihn anstrahlte, überrascht an. Er lächelte, aber dann wurde sein Gesicht bitterernst.

„Wir werden nicht zur Erde fliegen."

„Aber warum denn nicht? Es geht! Frag doch mal Luhansky!"

„Vielleicht geht es tatsächlich, kleiner Mann, aber warum sollten wir enorme Ressourcen verschwenden, um die Erde zu retten?"

Ich war platt, aber dann platzte ich heraus: „Aber … dort sterben doch Milliarden von Menschen. Sie können sie doch nicht einfach sterben lassen."

„Warum nicht? Ich habe mir eure Berichte über die Erde angehört und eure Geschichten durchgelesen. Sie haben meine schlimmsten Befürchtungen nur noch bestätigt: Kriege, Hungersnöte, Flüchtlinge, Umweltzerstörungen, so dass die Erde wahrscheinlich auch ohne Atomkrieg bald kollabiert wäre. Diese Milliarden von Menschen, von denen ihr sprecht, haben Führer gewählt, denen es egal war, ob die Menschheit überlebt. Führer, die wie Raubtiere gegeneinander kämpften, ihre Aggressionen mit Waffen austrugen. Und dabei sind sie nur das Abbild der gesamten Menschheit. Jeder Mensch auf der Erde kämpft nur darum, besser zu sein als sein Gegenüber.

„Aber…"

„Nein, lasst mich ausreden. Wisst ihr, dieser Kapitalismus, der auf der Erde geherrscht hat, war das für die menschliche Gesellschaft optimale System. Derjenige, der anderen das meiste Geld abnehmen kann, gewinnt. Es ging nie darum, den Reichtum der Erde gleichmäßig zu verteilen, es ging immer nur darum, für den Einzelnen das meiste von diesem Reichtum zu ergattern, das hieß, andere für sich arbeiten zu lassen und sich dann mit denen zu messen, die ebenfalls andere für sich arbeiten ließen. Und die ganz Armen wurden mit Almosen, Religion und Fernsehen getröstet. Und so träumten die Massen schon zu meiner Zeit von der Chance, ebenfalls aufzusteigen und von der Arbeit anderer zu leben, über sie zu herrschen.

Und diese Menschheit sollen wir wirklich retten, die zugesehen hat, wie die Kinder in armen Ländern vor Hunger sterben und sich selbst einen Pool in ihren großen Garten bauen und dann Aktien von Ausbeuterfirmen kaufen? Eine Menschheit, die in ihrer Gier die Rohstoffe des Planeten hemmungslos ausgeplündert hat und die Erde so zerstört hat, dass man ohnehin nicht mehr lange hätte auf ihr leben können? Eine Menschheit, die so dumm, von tierischen Trieben gelenkt, und

198

so aggressiv ist, dass sie ihre eigene Existenz zerstört? Diese Menschheit werden wir nicht retten, sie hat ihren Untergang verdient. Wir haben hier auf Gaia eine neue Menschheit, eine bessere Menschheit."

„Es gibt auf der Erde auch andere Menschen. Haben die es auch verdient zu sterben?"

„Nein. Aber es scheinen nicht sehr viele gewesen zu sein. Sonst hätte es keinen Atomkrieg gegeben und ihr wärt nicht hier."

„Es ist wahr, die Menschheit hat sich selbst in den Untergang manövriert, aber durch diese Katastrophe wird sie zur Besinnung kommen."

„Ach ja, so wie nach dem 1. Weltkrieg? Oder erst nach dem Zweiten, in dem Millionen von Menschen jämmerlich gestorben sind, in Konzentrationslagern vergast und verbrannt wurden? Oder kam die große Besinnung nach dem Koreakrieg? Nach jedem Krieg sagt man kurz „Nie wieder" und verändert nichts an den Strukturen, die zu Kriegen führen.

Und wir Gaianer sollen hier jahrelang alles aufgeben und versuchen zur Erde zu gelangen, nur damit die Katastrophe noch ein bisschen weitergehen kann. Nein, Schluss damit. Die Menschheit lebt hier auf Gaia und eine andere gibt es nicht."

„Uropa! Das darfst du nicht!", rief Tommy entsetzt. „Du musst die Menschheit retten! Du hast es versprochen!"

„Oliver McLoard, sie sind ein Unmensch!" rief Fiona.

„Nein, ich bin ein Mensch, aber ich bin auch ein Gaianer und ich werde mich für Gaia und gegen die Erde einsetzen, so gut ich kann."

Ein Moment der Stille.

„Carl!"

„Was?"

„Wir gehen. Mit diesem Menschen, nein, mit diesem Gaianer hier, haben wir nichts mehr zu schaffen."

Sie zerrte mich nach draußen. Die ganze Familie trabte mit
hängenden Köpfen hinterher.


## Oliver McLoard


Oh mein Gott, war das hart gewesen. Sein Herz raste wie
wild, aber andererseits war er auch erleichtert, dass er das
Ganze endlich losgeworden war. Die Erde, nein, auf keinen
Fall würde er dorthin zurückfliegen. Seine Familie, nein, diese
Erdlingsfamilie, würde sich daran gewöhnen und wenn sie
versuchen sollten, die Gaianer zu überzeugen, würde er seine
25% Veto einlegen. Sie waren ja nicht wirklich seine Familie…

Seine Familie …. Emma war schon lange tot. Gut so. Wie
viele Jahre hatte er diese zänkische Frau ertragen müssen. Nie
war er gut genug gewesen, nie brachte er genug Geld nach
Hause. „Dieser Avery hat den Nobelpreis bekommen, und du?
Die Brents haben sich jetzt ein Haus in Brighton gekauft, als
Sommerhaus, so direkt am Meer und im Süden. Aber dafür haben wir ja wieder mal kein Geld. Warum fragst du eigentlich
nicht nach einer Gehaltserhöhung? Vielleicht müsstest du auch
mal was Ordentliches erforschen, dann könnten wir uns auch
mal was leisten". Und dann, an Weihnachten 1956: „Siehst du,
dieser Watson und dieser Crick, so musst du das machen. Na
ja, die sind ja auch noch jünger. Und dieser Crick sieht auch
noch so hübsch aus". Ausgerechnet Watson und Crick! Diese
elenden Betrüger! Wer hatte denn die genialen Aufnahmen der
DNA gemacht? Die arme Rosalind Franklin! Und Maurice Wilkins, dieses kleine Miststück, das ihm schon als Postdoc

negativ aufgefallen war, hatte die Aufnahmen der kranken Rosalind geklaut und an die beiden Burschen verkauft. Die Doppelhelix der DNA, die große Entdeckung von Watson und Crick. Nicht ein einziges Experiment hatten die beiden Nullen gemacht und sie bekamen den Nobelpreis, zusammen mit der Ratte Wilkins. Und die wurden ihm an Weihnachten als glühende Vorbilder vorgesetzt. Nein, nie wieder Familie!

Sie lebten ja alle von seinem Geld, das er an der Universität verdiente. Er hatte ein schönes Häuschen am Südrand von Edinburgh gekauft, mit einem kleinen Garten, ein Haus, in dem sie hätten eine schöne Zeit haben können. Aber die hatten wir nie. Adam und Kevin kamen voll nach ihrer Mum. Es war immer zu wenig Geld da, sie wollten ja schließlich beim Hunderennen in Aston und bei Wimbledon zuschauen – nein, nicht selbst Tennis spielen, da hätten sie sich ja anstrengen müssen. Und vor allem wollten sie nicht so werden wie Papa. Papa war einfach ein Loser. Und dann schafften sie mit mehreren Nachhilfelehrern irgendwie das Abitur und meldeten sich in der Uni an. Als Studenten brauchten sie auch wieder ständig Geld, um bei ganz wichtigen Treffen dabei zu sein, von denen sie dann betrunken zurückkamen. Und der doofe Papa gab ihnen fast immer das Geld dafür und sie spuckten auf ihn.

Adam war Börsenmakler geworden. So nannte er sich. In Wirklichkeit war er ein fieser Spekulant, der Schuldner ausquetschte, bis sie ihm ihr Häuschen verkauften, das er dann versuchte, gewinnbringend weiterzuverkaufen. Kevin hatte es nicht so weit gebracht. Er hatte das Studium geschmissen und war ein kleiner Beamter in der Stadtverwaltung geworden. Er versuchte sich mehrmals als Lokalpolitiker bei den Tories, was aber angesichts seiner geringen Begeisterungsfähigkeit auch immer wieder in Niederlagen und Besäufnissen endete. Aber klar, sie waren ja nicht schuld an ihrer Situation, sondern ihr

Vater, der ihnen die 50 000 Pfund für die Whisky- Destillerie damals nicht gegeben hatte, sonst wären sie schon längst Millionäre, es lag nur an ihm. Fast 30 Jahre lang hatte er diese drei Parasiten ernährt, bis er endlich die Flucht nach Guatemala angetreten hatte.

Nein, keine Erde mehr. Keine Frau und keine Kinder dort mehr, und auch keine Enkelkinder …Enkelkinder …Und plötzlich war dieses strahlende Gesicht wieder da. Es lächelte ihn an. Der kleine Ben, Adams Sohn. Er hatte ihn immer an Weihnachten besucht und wie er ihn dann mit großen Augen angeschaut hatte und das Leuchten in seinem Gesicht, als er ihm von den Sternen erzählte, von fremden Planeten und ganz merkwürdigen Tieren. Der kleine Ben. Er war Biologe geworden und hatte bei diesem komischen Greenpeace gearbeitet, wollte die Welt retten. Er war stolz auf den Kleinen. Er fühlte wie sich seine Augen mit Tränen füllten. Ben war jetzt auch schon tot, aber in seinen Gedanken lebte er weiter. Und dieser kleine Tommy. Er sah ein bisschen aus wie Ben. Er hatte diese wachen blauen Augen, die so wissbegierig, so lebenshungrig waren. Das war Ben. Die erste Träne lief über seine Wange.


*Eine Stunde später.*

Tommy war scheinbar auf dem Weg zurück vom Fußballspiel, so abgekämpft sah er jedenfalls aus.

„Hallo Ben."

„Ich heiße nicht Ben, ich heiße Tommy. Opa Ben ist tot." Tommy machte ein wütendes Gesicht.

„Ich weiß, aber du erinnerst mich stark an Ben. Ich habe versprochen, ihm zu helfen, wenn er in Not ist. Aber ich konnte ihm nicht mehr helfen. Ich konnte nicht mehr zurück."

„Opa Ben ist tot." Tommy wollte nicht reden, wollte weitergehen.

„Ich weiß. Aber Ben hatte doch eine kleine Schwester, etwa 5 Jahre alt."

„Großtante Mary. Sie lebt in England. Sie hört nicht mehr so gut, aber sonst ist sie noch ganz fit."

England. Erinnerungen stiegen in ihm auf. „Wo in England?"

„In Hastings. Wir haben sie vor zwei Jahren besucht und rufen sie alle zwei Wochen an. Unsere Oma wohnt jetzt bei ihr."

„Hastings. Du warst in Hastings?"

Das grüne Haus an der Straße nach Battle erschien vor meinen Augen. Der kleine Garten seiner Eltern. Die Wiesen hinter der Abtei.

„Warst du in Battle Abbey?"

„Ja, wir sind durch die ganze Abbey mit Audioguides gelaufen und Tante Mary hat uns viel von diesem King Harold erzählt."

„Hast du …" Die Tränen füllten seine Augen. „Hast du auch seinen Grabstein gesehen?"

„Ja, wieso, was ist denn Besonderes an dem Grabstein?"

„Nichts, nichts."

Er musste sich wegdrehen. Der Junge sollte seine Tränen nicht sehen. Da war nichts, außer einem O und einem J, tief eingeritzt in den Stein, nachdem sie nachts zusammen über die Mauer geklettert waren und sich ewige Treue geschworen hatten. Aber Jenny war seine Kusine und nach den Sommerferien musste sie zurück nach Banbury. Er hatte ihr immer schreiben wollen, aber er hatte sich nicht getraut. Und dann eines Tages, als er schon in Edinburgh studierte, hieß es, sie hätte geheiratet.

Hastings. Meine Freunde, meine Schule, Jenny…

„Uropa McLoard, geht es dir nicht gut? Du weinst ja."

„Nein". Ich nahm Tommy in die Arme und strich dem Kleinen über die Haare. „Alles ist gut. Uropa McLoard ist einfach ein alter, dummer Mann. Geh zu deinen Eltern. Sag ihnen, sie sollen morgen zu mir ins Center kommen."

## Fiona

„Wieso sollen wir noch mal zu ihm? Er will die Erde nicht retten. Er will wahrscheinlich nur, dass wir den Mund halten, dass das alles hier nur Klone sind."

Tommy widersprach: „Das sind sie doch gar nicht und er hat gestern geweint. Vielleicht sind wir auch zu gemein zu ihm gewesen."

„Zu jemanden, der Milliarden von Menschen einfach sterben lässt?"

## Annabel

Was war denn jetzt los? Ein Riesenauflauf vor dem Center. McLoard hatte scheinbar ganz Metropolis gecallt. Er stand mit Vater auf der Terrasse des Gebäudes und blickte auf die Menschenmassen. Mama nahm mich an der Hand.

„Komm, wir warten alle schon. Wir sollen alle mit oben sein."

Und wieder ein Luftlift. Ich liebte diese Teile. McLoard sah sich um, unsere ganze Familie war jetzt da. Er trat nach vorne an den Rand der Terrasse und machte uns Zeichen, ihm zu folgen. Er hob die Hand zum Gruß und Hunderte taten es ihm nach. Dann begann er laut mit der Masse von Gaianern zu reden:

„Bürger Gaias. Wie ihr sicher wisst, haben wir Besuch von der Erde bekommen. Sie haben schlechte Nachrichten gebracht. Es gab wieder einen schrecklichen Weltkrieg und viele Menschen sind gestorben. Millionen von Menschen sind radioaktiv verstrahlt und andere verhungern langsam lebendig begraben unter der Erde.

Dank Luhansky haben wir die Möglichkeit gewonnen, schneller als das Licht zu fliegen, und dank meines Urenkels Tommy auch einen machbaren Weg zur Erde gefunden. Wir wollen versuchen, den Menschen der Erde zu helfen, denn sie sind Menschen wie wir.

Wir werden dazu riesige Raumschiffe benötigen und unendlich viele Reproanlagen. Wir werden enorme Ressourcen Gaias verbrauchen, die uns für unsere Forschungen und Ideen nicht mehr zur Verfügung stehen werden.

Ich kann hier niemanden etwas befehlen, so ist unsere Gesellschaft nicht aufgebaut, aber ich appelliere an euch alle: Lasst uns unser gesamtes Wissen und unsere ganze Kraft darauf konzentrieren, anderen Menschen zu helfen. Lasst uns die Menschen der Erde retten."

Stille. Der Overlord trat von der Plattform herab. Er drehte sich mit hängenden Schultern zu uns um.

„Ich hoffe, meine Kinder folgen mir."

Die ersten Gaianer begannen miteinander zu tuscheln, dann fingen die ersten an zu klatschen, erhoben sich und begannen die Hymne „Friede Gaias" zu singen, die sonst nur bei Abschlussfeiern oder den großen Sportfesten gesungen wurde.

Ob sie McLoards Aufruf wirklich folgten? Sie brauchten keinen zweiten Aufruf, sie liebten es. Sie hatten eine echte Herausforderung bekommen, eine logistische und eine wissenschaftliche. Was konnte es Schöneres geben? Ein riesiges Schiff mit tausenden von Repro-Einheiten, wie sollte es mit so einer Ladung überhaupt abheben? Wie sollte die Mannschaft auf einer langen Reise ausreichend versorgt werden? Sollte man sie in einen künstlichen Tiefschlaf versetzen? Wie konnte man die Repro-Einheiten verkleinern, um möglichst viele davon mitzunehmen? Wie konnte man eine künstliche Schwerkraft erzeugen, damit die Muskeln der Besatzung nicht verschwanden? Wie stark mussten die Außenwände des Schiffes sein, um die Weltraumstrahlung bei so langer Fahrt auszuhalten? Welchen konkreten Weg musste man nehmen, um den Raum möglichst wenig zu verzerren und trotzdem so schnell wie möglich zu fahren? Wie sollte man ausreichend Antimaterie speichern…? Eine endlose Liste von Fragen, die man lösen musste.

# Zweieinhalb Jahre später

## Annabel

Es dauerte etwas mehr als zwei Jahre, bis die Stardust II auf der Startbahn stand. Ein gewaltiges, diskusförmiges Raumschiff, 500 m lang und 100 m hoch, 4 Stockwerke mit Wohnetagen ausgelegt für 800 Mann Besatzung. Der Rest Kommandozentrale, Aufenthaltsräume und Platz für 5000 Reproanlagen. Im Unterbau 4 Beiboote, kleine Versionen der Stardust II, dazu 20 Gleiter und eine Unzahl von Plattformen. Ganz unten die gewaltigen Materie-Antimaterie Reaktoren. Die alte Stardust sah daneben wie ein Spielzeug aus.

„Und du willst wirklich mitfliegen? Ein Jahr vor dem Abschluss?"

„Ich werde dich nicht mehr loslassen. Und wenn ich dazu auf diese komische Erde muss." Er drückte sanft meine Hand. Er hatte gelernt, mit seiner Kraft vorsichtig umzugehen.

„George, sie wird dir gefallen, das wirst du sehen."

„Ich bin gespannt. Ich will sehen, wo du herkommst und was du dort angestellt hast."

„Nichts. Ich war immer brav."

„Das glaube ich dir nicht."

Ich musste ihn einfach küssen. Er war so ein toller Mann.

Ein Geräusch. Die anderen bogen um die Büsche auf die Aussichtsplattform.

„Hi, Anna. Schau mal, wen ich mitgebracht habe."

Hinter Kylie erschien Jorkin auf dem kleinen Pfad. Er lächelte. Der Striemen auf seinem Gesicht war verschwunden. Er sah mich an und biss sich auf die Lippen.

„Hi. Ich … Es tut mir immer noch so leid, was auf der Insel passiert ist."

„Das ist doch längst vergessen. Du konntest ja nicht anders. Wie geht es mit der Schule?"

Er strahlte Kylie an. „Oh, wir hatten eine ziemlich strenge Lehrerin."

Kylie grinste. „Manche lernen schnell und bei manchen muss man viel helfen. Ab diesem Jahr dürfen ja auch die Jugendlichen von der Insel in die normalen Klassen. Und ich kann mich mehr auf meinen eigenen Abschluss konzentrieren. Oh, da kommt Julie."

Auch Julie war nicht allein. Franko und Julie, Hand in Hand. Es war unglaublich, die superintelligente, toughe, selbstbewusste Julie … und bei Franko war sie plötzlich ganz anders, blickte ihn verträumt von unten an, schmiegte sich an ihn. Er war aber auch ein echt netter Typ. Nicht so athletisch wie George, und auch nicht so groß, aber immer gut gelaunt und witzig. Er hatte letztes Jahr als Schuljahresbester seinen Abschluss gemacht und arbeitete jetzt im Chemiepavillon.

„Und Franko, willst du nicht auch mit, die Erde sehen?", fragte George.

„Ja, super gerne, aber jetzt noch nicht, vielleicht beim nächsten Flug." Er sah Jolie an. Sie wollte ja noch ihren Abschluss machen. Er würde nicht ohne sie gehen, genau so wenig wie George ohne mich hierbleiben würde.

„Wann geht ihr an Bord?" fragte Jolie.

„Morgen früh um halb vier."

„Wir werden da sein und winken." Jolie und Kylie umarmten mich. Ich musste schon wieder weinen. Ich hatte hier echte Freundinnen gefunden.

# Noch einmal zweieinhalb Jahre später

## Annabel

Die gesamte Mannschaft erwachte aus dem künstlichen Tiefschlaf. Sie hatten jeden Monat die Bereitschaft von 30 Mann gewechselt, jetzt waren alle 800 Männer und Frauen wach und wollten die Erde sehen. Mein Zuhause! Ich rannte zur Kommandozentrale. Alle „Erdlinge" waren schon versammelt. Uropa stand am Kommandopult und starrte wortlos auf den großen Monitor. Ein Planet drehte unendlich langsam seine Bahn. Was für ein Planet war das? Man sah nur grauen Nebel. Die Venus? Merkur?

„Wo ..., wo ist die Erde?", brach es aus mir heraus.

„Das ist die Erde", antwortete Uropa.

„Ich sehe nichts, das ist doch alles nur grau. Was ist mit dem Monitor?"

„Das da unten ist alles Staub, feinster Staub, hochgeschleudert aus hunderten von Atomexplosionen."

„Aber ..., .er kann doch nicht 5 Jahre lang da hängen."

„Doch, das kann er. Er kann zehn Jahre lang da hängen. In der Stratosphäre gibt es zu wenig Wasserdampf, der die Partikel nach unten ziehen würde. Der Staub hält die Sonnenstrahlen auf. Es muss da unten verdammt dunkel und kalt sein. Robs, wir gehen runter durch die Staubschicht, auf 1000 Höhenmeter. Zielpunkt Albuquerque, New Mexiko.

10 Minuten später sahen wir das Grauen. Die Stadt war völlig verwaist. Keine Bewegung auf den Straßen, die Parks grau wie die gesamte Stadt, kein Blatt an den Bäumen, kein Grün. Die Berghänge des Sandia Parks, die großen Fichtenwälder ... da standen nur noch Baumskelette. Die Straße nach Bernalillo von Sand und Staub zum Teil zugedeckt.

„Oh nein! Nein!", entfuhr es mir.

„Ich habe es befürchtet: Keine Pflanze hält das 5 Jahre lang durch", seufzte Uropa.

„Und die Menschen?"

„McLoard, wir registrieren keinerlei Sendefrequenzen. Es ist alles tot."

„Nein, nein!"

„Außentemperatur 0 Grad, das heißt, da unten hat es unter 10 Grad und das im Sommer in New Mexiko. Wahrscheinlich ist halb Nordamerika eine Eiswüste." Vater schüttelte den Kopf.

„Ohne Sonne sterben die Pflanzen und ohne Pflanzen stirbt alles Leben", murmelte Mama.

„Nein, Mama, nein, die Menschen sind nicht tot. Sie sitzen in den Bunkern unter der Erde. Bestimmt! Sie sind nicht tot!"

# Fiona

Sie tat mir so leid und ich nahm sie in meine Arme. Sie weinte und weinte.

„Linda, Linda! Du lebst doch irgendwo da unten. Linda!"

Sie riss sich von mir los und kramte ihr Handy heraus. Wo hatte sie denn das alte Ding noch her?

„Ich rufe jetzt Linda an!", rief sie plötzlich, mit einem Mal wieder trotzig wie ein kleines Kind.

Sie wählte ihre Nummer. Keine Reaktion. Logisch.

„Das ist doch sinnlos, Annabel. Es gibt kein Netz mehr da unten."

„Hm, …". McLoard schien nachzudenken. „Kein Netz. Das stimmt. Aber die Satelliten könnten doch noch funktionieren."

„Was?"

„Rob. Wie viele Satelliten umkreisen die Erde?"

„12353!"

„Was? so viele? Das hätte ich nicht gedacht. Finde Satelliten, die auf die Signale dieses Handys reagieren."

„13 in unserer Reichweite."

„Gib den Satelliten das Signal zum Senden."

„5 Satelliten sendebereit."

Annabel hüpfte hoch. „Netz. Ich habe Netzempfang."

Mc Loard lächelte sie an. „Annabel, du bist jetzt allerdings die Einzige, die dieses Netz benutzt. Ruf sie an, ruf deine Freundin an."

Annabels Gesicht leuchtete.

Ein Anrufton.

„Linda, geh ran!".

Wieder ein Anrufton.

Wahrscheinlich hatte Lindas Handy längst keinen Akku mehr.

„Uropa, es geht nicht. Sie hat ihr Handy aus. Ihr Akku ist bestimmt schon lange leer."

„Das macht nichts. Wir fordern über die Satelliten die Notfallenergie des Akkus an. Für drei Minuten wird es reichen."

## Linda Mulgrave

Was fiepste denn hier? Sie tastete in der Dunkelheit herum. Sie durfte doch kein Licht anmachen. Es war doch noch Energiesparzeit. Das war ihr Handy! Wie war das möglich? Ihr Handy war doch aus. Das Netz war schon lange tot. Was? Annabel ruft an? Das war doch völlig unmöglich.

„Anna?"

„Linda. Du lebst. Oh, Linda, Linda!"

„Anna! Wieso hast du ein Netz? Anna, wo bist du?"

„Linda, ich bin hier. Ich bin wieder hier."

„Hast du zu essen, Anna? Anna, die haben uns hier die Rationen gekürzt und die Heizung auf 18 Grad heruntergefahren. Es ist scheißkalt hier. Bist du irgendwo in der Nähe?"

„Ich bin 1000 Meter über dir. Ich bin in einem Raumschiff."

„In einem Raumschiff? Annabel, du bist verrückt geworden. Drehe nicht durch. Such dir etwas zu essen."

„Ich habe genug zu essen, Linda. Wir sind hier oben. Wir kommen jetzt runter zu euch. Und wir helfen euch. Wir helfen euch allen, der ganzen Welt."

## Carl

Ich sah, wie McLoard die Augen verdrehte und tief Luft holte. Annabel blickte ihn von der Seite an.

„Uropa McLoard schafft das."

McLoard presste die Lippen zusammen und starrte sie an.

„Uropa, du schaffst das. Du hast eine ganze Welt erschaffen, dann kannst du auch eine Welt retten."

„Mit wem redest du denn da, Anna?", kam die Stimme aus dem Handy.

„Mit meinem Uropa, Linda. Er wird die Welt retten. Er schafft das."

McLoard stöhnte schon wieder. Neben ihm begann Luhansky kaum hörbar vor sich hin zu sinnieren:

„Man müsste halt erst einmal ausreichend Wasserdampf in die Stratosphäre leiten, um die Partikel abzusenken, wobei die radioaktiven Elemente natürlich den Boden weiter kontaminieren würden, außerdem bestünde die Gefahr der Diffusion des Wasserdampfs in noch größere Höhen mit Kontakt zum Weltraum. Eine Alternative wäre die Entwicklung geoorbitaler Filtrierstationen, wobei sich die Frage stellt …"

„Linda, wir kommen, und du bekommst 'ne Repro. Alle bekommen 'ne Repro. Und dann bauen wir die Erde wieder auf. Aber besser als zuvor."

Sie schielte zu McLoard, der Luhanskys Monolog lauschte und nun völlig in Gedanken versunken schien.

„Uropa, die Erde wird eine schöne neue Welt werden…. so wie Gaia!"

**Allan Warner, Bunkerzentrale, Bunker 43, Albuquerque.**

Der Wachhabende kam hereingestürzt.

„Sir, da draußen ist etwas Riesiges, es sieht aus wie ein Raumschiff. Sir, das Ding ist direkt über uns."

„Ganz langsam, Bram. Drehen Sie hier nicht durch und gehen Sie wieder auf Ihren Posten."

„Nein, Sir, das sind wirklich Aliens. Das Ding sieht aus wie in Independence Day, glauben Sie mir."

„Also gut, 5 Mann mit Maschinenpistolen zum Eingang. Wir werden sehen, wen wir da oben haben. Wir haben keine Vorräte zu vergeben."

Das Röhrensystem pfiff. En Anruf von unten. „Sir, hier ist ein hysterisches Mädchen, das angeblich mit Leuten in einem Raumschiff kommunizieren kann. Sie möchte ihr Handy aufladen."

„Ein Raumschiff?"

„Ja, sie sagt, da sitzen Freunde von ihr drin, aber ihr Akku ist leer."

„Hm. Sie darf das Ding aufladen und Sie bringen sie sofort hoch zu mir."


# Carl

Die Stardust II war im Stadtpark von Albuquerque gelandet und stand wie ein riesiger Diskus auf Stelzen auf dem ausgetrockneten, staubigen Boden. Das war kein Park mehr, das war eine Wüste. Wir vier „Erdlinge" und einige Gaianer stiegen aus. Aus der Bunkerschleuse näherten sich sechs Uniformierte mit einer jungen Frau.

Die Uniformierten legten ihre Maschinengewehre an. Die junge Frau riss sich los und rannte auf uns zu. „Anna? Anna?". Die Antwort war ähnlich laut und fragend. „Linda?" Schließlich standen die beiden Frauen sich gegenüber und sahen sich fast verwundert an. Die vergangenen fünf Jahren waren nicht spurlos an ihnen vorüber gegangen. Annabel war kein pubertierendes Mädchen mehr, sondern eine selbstbewusste junge Frau in dem typischen blauen Raumanzug der Gaianer. Linda hätte ich kaum noch erkannt. Ihre Haut war völlig ausgebleicht, sie hatte dunkle Ringe und schon erste Falten um die Augen. Ein kurzer Moment des Innehaltens, dann fielen sich die beiden um den Hals.

Der vorderste Uniformierte schritt auf uns zu.

„Kommandant Allan Warner, Bunker Albuquerque. Wer sind Sie und was wollen Sie hier?"

Ich schaltete mich ein: „Die meisten von uns sind Gaianer, aber wir sind zum Beispiel aus Bernalillo."

„In Bernalillo wohnt niemand mehr."

„Wir sind vor fünf Jahren von dort geflohen, als der Krieg begann."

„Ich möchte mit Ihrem Vorgesetzten sprechen."

„Hm, so was haben wir nicht, aber ich denke, Sie meinen Oliver. Er ist noch im Raumschiff und bespricht sich mit Luhansky. Ich bringe Sie hin."


5 Minuten später stand Warner auf der Kommandoebene der Stardust II. Er wirkte unter all den Gaianern wie ein Fremdkörper mit seiner martialisch wirkenden Montur und seinem Maschinengewehr.

Fiona trat auf ihn zu und deutete auf Uropa: „Das ist McLoard. Aber bitte legen Sie doch das Maschinengewehr weg. Er hasst Waffen."

Der Kommandant tat widerwillig wie ihm geheißen.

„Mr McLoard!"

Uropa fuhr herum und zog seine Augenbrauen hoch. „Wer sind Sie?"

„Kommandant Warner vom Wachpersonal des Bunkers Albuquerque."

„Oh, sehr gut. Wie viele Eingeschlossene haben Sie?"

„Wie viele? Oh, 543."

„Wow, so viele. Dann werden die Lebensmittel nur für circa vier Wochen reichen, es sei denn, wir strecken sie. Wir müssen unbedingt so schnell wie möglich Nahrungsmittel anbauen. Unsere Robs stellen gleich ein Versorgungszelt auf. Bringen Sie zuerst die Kranken und Schwachen nach oben, damit wir sie als erstes behandeln können. Können Sie das bewerkstelligen?"

„Ja. Aber …"

„Was ist?"

„Sie können mir keine Befehle erteilen. Das kann nur mein Vorgesetzter beim Militär."

„Ich erteile niemandem Befehle. Ich bitte Sie um ihre Mitarbeit beim Wiederaufbau der Erde. Wollen Sie uns dabei helfen?"

Warner zögerte, musterte erneut befremdet die Kommandozentrale des Raumschiffes.

Ich sah ihn von der Seite an: „Warner?"

„Ja?"

„Es gab ein Sportgeschäft in Bernalillo, das einem Jeb Warner gehörte."

„Das war mein Onkel. Er ist 2023 gestorben. Das ist lange her."

„Er war ein netter Mann. Er hat unseren Kindern immer Bonbons geschenkt. Helfen Sie mit. Er hat auch immer allen geholfen."

Warner atmete schwer. Seit drei Jahren hatte er keinen Kontakt mehr zur Bunkerzentrale in Denver gehabt. Die Funkverbindungen waren alle tot. Es gab keine Anweisungen mehr, nur noch ihn selbst. Und er versuchte, seine Bunkerleute zu schützen. Aber lange würden die Vorräte nicht mehr reichen. Maximal zwei Jahre. Und dann?

„Warner?"

„Entschuldigung. Ich war in Gedanken. Gut. Ich sage meinen Männern Bescheid."

„Und Warner…. Darf ich Allan sagen?"

„Gut, Mister…?"

„Carl, Carl Loard. Allan, ich hätte auch eine etwas persönliche Bitte. Könnten Sie sich diese schreckliche Uniform ausziehen, sie erinnert mich an furchtbare Zeiten."

## Ein Bunker 50 km südlich von Washington D.C.

Das Radio knisterte:

*„An die Menschen der Erde! Hier spricht Oliver McLoard, Leiter der Expedition zur Rettung der Erde. Wir sind mit einem Raumschiff von Gaia, einem weit entfernten Planeten,*

*gekommen, um der Menschheit zu helfen und die Erde wieder aufzubauen. Wir haben Nahrung, Medikamente und Ausrüstung für Notfälle, aber wir können nicht allen Menschen gleichzeitig helfen. Wir brauchen Zeit und Ihre Mithilfe. Ich bitte Sie daher inständig: Wenn ein Raumschiff oder ein Gleiter bei Ihnen landet, folgen Sie bitte den Anweisungen der Gaianer. Und wenn Tage und Wochen vergehen, ohne dass sie ein Raumschiff oder einen Gleiter sehen, verzweifeln Sie nicht. Wir kommen. Versuchen Sie bis dahin am Leben zu bleiben, halten Sie durch. Die Hilfe ist unterwegs. Wir werden die Erde wieder aufbauen.*

*Ich wiederhole: An die Menschen der Erde! Hier spricht Oliver McLoard, ... "*


Der Präsident musterte seine Vertrauten. Sie schwiegen, sahen verlegen zu Boden. Nur der Sicherheitsberater erwiderte seinen Blick.

„Nun Stan, was meinen Sie?"

„Es kommt auf verschiedensten Radiowellen. Irgendjemand hat scheinbar die Satelliten unter seine Kontrolle gebracht."

„Sie meinen die Russen oder die Chinesen?"

„Das halte ich für ziemlich ausgeschlossen. Die Menschen sollen sogenannten „Gaianern" aus Raumschiffen und Gleitern Folge leisten. Weder die Chinesen noch die Russen dürften noch Raumschiffe haben und schon gar nicht Raumschiffe, die hier landen könnten."

„Also könnte es wahr sein? Außerirdische?"

„Es ist zwar kaum vorstellbar, aber die logischste Erklärung. Allerdings frage ich mich, warum man Sie dann nicht kontaktiert."

„Vielleicht haben Sie recht."

Kontakte… Es gab schon seit zwei Jahren keine Kontakte mehr. Durch die Katastrophe hatte es Tausende von Toten gegeben, die Krankenhäuser war überlastet gewesen, das Stromnetz war zusammengebrochen, aber sie begannen im ersten Jahr sogar mit dem Wiederaufbau. Die wahre Katastrophe kam mit dem zweiten Jahr. Die Sonne kam nicht mehr durch den Staubschleier, es war dauerkalt, schneite sogar im Sommer. Die Ernte war verwelkt und erfroren. Es gab nichts Frisches mehr zu essen und die Schneedecke im Norden wuchs und wuchs. Und dann setzte die große Wanderung, die Flucht ein. Verzweifelte Menschenmassen wälzten sich von Norden nach Süden. Und die Plünderungen begannen, die Schießereien, die Morde, der Kampf jeder gegen jeden, der Kampf ums nackte Überleben. Vor den Toren der Bunker spielten sich abscheuliche Szenen ab. Ein Militärstützpunkt nach dem anderen sendete nicht mehr. Sie saßen hier in ihrem relativ komfortablen Regierungsbunker, funkten jeden Tag zwei Mal ihre Botschaft, dass man durchhalten müsse, sich an die Gesetze halten müsse, baten um Rückmeldung, aber seit zwei Jahren rührte sich niemand mehr. Es gab keine Kontakte.

„Sir?" Der Nachrichtenoffizier kam herein. „Das Signal kommt nicht nur von den Satelliten, es gibt auch eine starke terrestrische Station."

„Was? Woher?"

„Nicht genau zu sagen. Das ist in New Mexico, könnte Albuquerque sein."

„Gut, meine Herren, machen Sie sich bereit."

„Sie wollen doch nicht etwa dorthin fahren."

„Fliegen, nicht fahren. Machen sie die Airforce Two bereit."

„Sir, ein Flug nach Albuquerque könnte von den Russen oder Chinesen bemerkt werden."

219

„Und? Die hocken auch nur in ihren Bunkern und sind mit ihrem eigenen Überleben beschäftigt."

„Aber der Flug kostet uns auch einige hundert Liter Kerosin."

„Ich weiß, und ich weiß, dass wir damit die Energievorräte des Bunkers dezimieren. Dann reichen sie eben nur noch für vierzehneinhalb Jahre statt für fünfzehn. Räumen Sie den Schnee von der Plattform. Wir starten."

Fünf Stunden später kreiste die Airforce Two, ein Jet, der als Ersatz für die zerstörte Airforce One taugen musste, über Albuquerque und setzte zur Landung an. Der Präsident starrte nach unten und schüttelte ungläubig den Kopf.

‚Tatsächlich, unglaublich, ein riesiges Raumschiff. Daneben zwei große grüne Zelte, vor denen Schlangen von Menschen stehen. Einige blau gekleidete Menschen und Maschinen. Roboter? Ein riesiges Loch, in das sie die Erde karren und gigantische Plastikzelte, sieht aus wie Treibhäuser. Schöne Ideen, haben wir ja auch alles versucht, aber völlig sinnlos, ohne Licht und Wärme wächst nichts.'

Sie landeten und stiegen aus. In diesem Moment leuchteten die Plastikzelte plötzlich strahlend hell auf.

„Wow. Riesige Wärmelampen. Woher haben sie bloß diese Menge an Energie?"

Eine junge hübsche Frau in blauer Uniform näherte sich ihnen und hob die rechte Hand.

„Hallo!"

Der Präsident sah verwundert auf die Geste. Dann reagierte er und streckte seine Hand aus.

„Hallo! Mit wem habe ich denn die Ehre?".

Die Frau starrte interessiert auf die Hand, schüttelte sie aber nicht.

„Clara Sunshine. Schön, dass Sie da sind."

Sie musterte sie kurz. „Hm, … Sie sehen zwar nicht krank aus, aber Sie sind doch schon etwas älter. Sie und die meisten von Ihnen sollten sich hinten in der rechten Schlange anstellen. Die jüngeren von Ihnen (sie zeigte auf die zwei Bodyguards) könnten beim Pflanzen in den Treibhäusern helfen."

„Entschuldigen Sie, junge Dame, aber Sie wissen augenscheinlich nicht, wer vor ihnen steht. Ich bin der Präsident der Vereinigten Staaten."

„Wirklich? Oh, das ist toll, ich fand Alte Geschichte immer richtig interessant. Wenn wir heute Abend Schluss machen, können wir uns gerne weiter unterhalten, aber jetzt habe ich gerade wenig Zeit. Würden Sie sich bitte hinten anstellen?"

„Liebes Fräulein. Ich möchte sofort Ihren Vorgesetzten sprechen."

„Vorgesetzten? Entschuldigung, ich verstehe noch nicht alle irdischen Wörter. Bitte, ich muss die Robs kontrollieren. Rob 42, komm mal her."

Ein riesiger menschlich aussehender Roboter setzte sich in Bewegung.

„Fräulein, ich möchte zu Ihrem Führer, zu Oliver McLoard."

„Der Overlord ist nicht hier. Er ist mit einem der Beiboote unterwegs und arbeitet mit Luhansky an einer Filteranlage, damit die Sonne irgendwann mal wieder scheint."

„Ich möchte…"

„Lieber Herr Präsident oder wer immer Sie auch sein mögen, wenn Sie und Ihre Gruppe nicht mitarbeiten möchten, können Sie natürlich auch wieder wegfliegen, ansonsten stellen Sie sich doch bitte hinten an. Entschuldigung für die kurze Begrüßung, aber es gibt hier so viel zu tun und wir haben nicht

viel Zeit. Wir wollen so viele Menschen wie möglich retten."
Sie drehte sich um und ging. Sie ging einfach.

„Bleiben Sie stehen! Bleiben Sie sofort stehen! Ich befehle
es!"

„Niemand gibt hier niemanden Befehle". Die Frau starrte
den Roboter an. Etwas blitzte in seinen Augen auf.

Mit einem Schlag sanken Politiker und Bodyguards zusammen. Der Roboter ging zu ihnen und nahm ihnen die Waffen
ab.

Zwei Minuten später kehrte die Kraft in die Muskeln der
Gruppe zurück. Die Frau drehte sich mit dem Roboter zum Gehen.

„Entweder verlassen Sie jetzt endgültig diese Anlage oder
Sie reihen sich in die Schlange ein und arbeiten am Wiederaufbau der Erde mit. Ich habe zu tun." Sie ging ohne sich weiter
umzudrehen.

Der Präsident kam umständlich wieder auf die Beine und
sah sich hilflos um. „Und jetzt?"

Der Innenminister biss sich auf die Lippen, der Sicherheitsberater sah zu Boden. Dann zuckte er mit den Achseln und begann langsam zur Schlange zu gehen. Einer der Bodyguards
grinste. „Ich denke, Sie sollten sich einreihen, Sir." Er mar-
schierte am Präsidenten vorbei zu den Plastikzelten. Der andere Bodyguard folgte ihm nach.

„Ich ... Ich bin der Präsident der Vereinigten Staaten. Ich befehle Ihnen, stehen zu bleiben."

Die Leibwächter reagierten nicht. Sie liefen einfach weiter.
Der Präsident drehte sich um. Der Innenminister schüttelte
den Kopf und schloss sich dann zögerlich dem Sicherheitsberater an. Fünf Minuten später stand er mit dem Verteidigungsminister alleine da. Er war doch der Präsident der Vereinigten

Staaten! Der gewählte Präsident ... Alte Geschichte. Hatte das Mädchen „Alte Geschichte gesagt? Die Vereinigten Staaten ...Alte Geschichte?

Weitere fünf Minuten später reihte er sich mit dem Verteidigungsminister hinter einem etwa 70jährigen fahlhäutigen Mann ein, dem man die Strapazen des Bunkerlebens ansah. Irgendwie fiel in dieser langen Kolonne, die sich auf das Versorgungszelt zubewegte eine große Last von ihm ab. Er lächelte sogar. Was wohl die Führer Chinas und Russlands machten? Er konnte es nicht wissen.

Tausende Kilometer entfernt hatte sich der der chinesische Führer ohne Murren in die Schlange gestellt, der russische Präsident dagegen hatte sich in seinem Bunker erschossen.

# Vier Jahre später

## Oliver McLoard

Er war durch die Repro gegangen und hatte sich den Bart wieder abrasiert. Fiona hatte recht gehabt: Die Menschen brauchten irgendwie immer einen bärtigen älteren Mann, der sie lenkte, aber nach vier Jahren hatte er endgültig genug von dem Unsinn.

Die Menschheit. Nach 4 Jahren waren endlich alle Bunker aufgelöst. 100 Millionen Menschen waren durch die Repro gegangen. 100 Millionen von 500 Millionen, die die Katastrophe überlebt hatten, in den Bunkern der Industrieländer und in den wenigen Gegenden, in denen Pflanzen und Tiere sich noch etwas länger gehalten hatten. Die Wiederaufforstung würde noch Jahrzehnte dauern.

Die Schäden an den Körpern waren beseitigt, die an den Köpfen noch lange nicht. Die Menschen sollten sich vorerst nicht wieder selbst regieren, er blieb bei seinen 25% Vetorecht bei den wichtigsten Beschlüssen, die anderen 75 % gehörten den 800 Gaianern, die als Zehner fungierten. Erst wenn eine neue Generation Menschen auf der Erde herangewachsen war, die Wunden der Vergangenheit geschlossen waren, durfte man der Menschheit die Aufgabe übertragen, sich selbst glücklich zu machen. Es würde noch lange dauern. Seine Gaianer waren anfangs am Verzweifeln gewesen, wie starrsinnig die Erdenmenschen an ihren Ideen von Politik, Herrschaft und Wirtschaft festhalten wollten. Es wurde erst besser als Luhansky den Quantenwandler repariert hatte, die Gaianer zur Erholung an ihre Forschungen konnten und die Menschen sehen konnten, wie eine neue Gesellschaft auf Gaia aussehen konnte.

Vier Jahre harte Arbeit und es war noch so viel zu tun. Aber er brauchte auch einmal eine Auszeit. Und er wollte das Grab sehen. Und er hatte Angst davor. Nicht das Grab seiner Frau und seiner Kinder. Nein, ihr Grab, Jennys Grab. Er hatte nachgeforscht. Jenny Owens war 1968 gestorben und auf dem Friedhof von Evenly nahe Oxford beerdigt worden.

Oxford war im Unterschied zu London nicht getroffen worden, aber die Bunker waren viel zu klein gewesen. Es hatte schlimme Szenen vor den Toren gegeben. London selbst war ein riesiger Krater. Man hatte beschlossen ihn wieder aufzufüllen und man wollte vielleicht später die City von London nach alten Plänen wieder aufbauen. Die neue Hauptstadt war aber mittlerweile Liverpool, wo es sehr viele Menschen in den Bunkern und Kellern ausgehalten hatten.

Er fröstelte. Der Großteil des Staubs war entfernt, aber die Temperatur war immer noch etwa zwei Grad kühler als vor dem Krieg. Der Friedhof von Evenly. Warum war ich nur hierhergekommen? Ich würde einen Grabstein sehen und weinen. Aber irgendetwas zog mich magisch hin. Jenny, warum, warum bin ich damals nicht einfach geblieben? Ich war ein Feigling! Dritte Reihe rechts, das letzte Grab musste es laut Plan sein. Ja, da hinten, wo das Mädchen stand. Das Mädchen? Jenny! Da stand Jenny! Ich war verrückt! Das war doch nicht möglich!

Jenny kniete sich und pflanzte eine Rose auf ihr Grab! Oh Gott, was hatte ich getrunken? Was war los mit mir? Ich ging unsicher weiter auf das Grab zu. Das Mädchen, nein, die junge Frau, drehte sich zu mir um.

„Jenny?"

„Hallo! Kennen wir uns? Suchen Sie jemanden? Oh, Entschuldigung, ich meine, suchen Sie ein bestimmtes Grab?"

Ich sah auf den Grabstein: Jenny Owens, geborene McQuaire, geboren 1878, gestorben 1968. Darunter noch zwei Namen, Caroline and Thomas Webster.

„Nein. Das heißt ja, ich habe es schon gefunden."

Sie sah aus wie Jenny, aber sie erkannte mich nicht. Wie war das möglich?

„Wie heißen sie?"

„Jennifer Webster. Und Sie?"

Ich war sprachlos.

„Und Sie?"

„Entschuldigung, ich hätte mich natürlich zuerst vorstellen sollen. Oliver, Oliver McLoard. Wissen sie, ich hatte eine Repro. Ich kannte ihre Uroma…"

„Wow, diese Repros bringen doch alles durcheinander, oder? Meine Oma hat mal was erzählt von einem McLoard."

„Ihre Oma?"

„Ja, dass sie eigentlich McLoard heißen sollte, weil Uropa Owens so bald gestorben ist und meine Uroma eigentlich immer einen McLoard heiraten wollte."

Meine Augen füllten sich mit Tränen.

„Was ist mit Ihnen? Warum weinen Sie? Hören Sie auf damit, sonst muss ich auch weinen. O.K., wissen Sie was, ich kenne Sie doch von irgendwo her? Oh mein Gott, Sie sehen aus wie der Overlord! Mein Gott, der große Overlord spricht mit mir."

Sie lachte und fiel auf die Knie.

Ich kam wieder zu mir. „Ich will nicht, dass irgendein Mensch vor einem anderen Menschen auf die Knie fällt."

„Das stimmt, das sagt der Overlord auch immer."

„Wer?"

„Na Sie. Haben Sie vergessen, wer Sie sind? Sind Sie dement? Ich dachte, Sie hatten eine Repro."

„Was?"

„Hihi, kleiner Scherz. Wissen Sie, ich habe immer gedacht, dass so ein Overlord viel größer ist."

„Ich bin groß."

„Na, ich schätze ein Meter 80. Das ist einfach viel zu klein."

„Zu klein für was?"

„Na, heutzutage sind die Männer doch 1,85 bis 1,95m. Darunter nehmen einen die Frauen nicht. Pech für alle zu kurz geratenen."

Ihre Augen sprühten vor Freude. Sie war frech. Frech wie Jenny.

„Welche Frauen? Ich sehe hier nur ein kleines Mädchen, das höchstens mal 1,70m misst und gerade noch vor einem alten Mann auf die Knie fallen wollte."

„Hihi, gut gekontert, alter Mann. Aber man sollte an Gräbern keine Scherze machen."

„Genau, das hat sie auch gesagt."

„Wer?"

„Ihre Uroma. Wissen Sie, dass Sie Ihr unheimlich ähnlich sehen?"

„Das sagen sie alle."

„Was? Wer?"

„Na all die Kerle, die einen anmachen wollen. Wusstest du Jenny, dass du der oder der Schauspielerin unheimlich ähnlich siehst, natürlich noch besser…"

„Ich will dich nicht anmachen."

„Na, das ist doch schon mal ein Fortschritt."

„Was?"

„Na, der Übergang vom Sie zum Du. Also die Masche mit der Uroma war echt strange und irgendwie gefällst du mir, Oliver McLoard, oder wie immer du sonst heißt. Ich lade dich auf ein Pint unten im Pub ein und du darfst mir dann auch alles von meiner Uroma erzählen, hihi."

„Aber, ich …" Sie lächelte mich an. Das war ihr Lächeln. So hatte sie mich auch immer ausgelacht. Jenny! Meine Jenny! Ich war wieder Zuhause. Endlich Zuhause.

# Epilog

Oh Mann, hatte ich ein Kopfweh. Warum hatte ich mir auch noch ein zweites Glas Rotwein eingeschenkt? Dabei hatte ich beim Fernsehen schon ein Bier getrunken. Buh, und dann auch noch solche Alpträume.

Ich war auf der Couch eingeschlafen und neben mir lag die Bibel. Ich hatte tatsächlich die Bibel gelesen, weil ich wissen wollte, was dieser Johannes geschrieben hatte. Was stand da?

Und die Welt wird untergehen und Feuer und brennender Schwefel wird vom Himmel fallen beim Jüngsten Gericht. Dieser Johannes war echt abgedreht. Ich legte die Bibel wieder zur Seite. Mit so einem Kopfweh kann man nicht lesen! Wahrscheinlich hatte der Typ tagelang hungernd in der Wüste gesessen und höchst seltsame Blätter gefuttert, anders konnte man sich seine Weltuntergangsstimmung nicht erklären.

Ich bin am Ende des Buches angelangt. Stehe ich auf oder gehe ich schlafen? Werde ich davon träumen? Wird sich je etwas ändern? Werde ich etwas ändern?

## Imagine

Imagine there's no heaven
It's easy if you try
No hell below us
Above us, only sky
Imagine all the people
Livin' for today

Imagine there's no countries
It isn't hard to do
Nothing to kill or die for
And no religion, too
Imagine all the people
Livin' life in peace

You may say I'm a dreamer
But I'm not the only one
I hope someday you'll join us
And the world will be as one

Imagine no possessions
I wonder if you can
No need for greed or hunger
A brotherhood of man
Imagine all the people
Sharing all the world

You may say I'm a dreamer
But I'm not the only one
I hope someday you'll join us
And the world will live as one

Vielen Dank an dieser Stelle an Hanna Lindemann-Flor und Ange Hauck, die mein Buch hinsichtlich Rechtschreib-, Grammatik- und sonstigen Fehlern durchgesehen haben.

*Hat Ihnen das Buch gefallen? Dann vielleicht auch dieses:*

„Es war verrückt, es war absolut unmöglich, aber nach all dem hier konnte es nicht anders sein. Das war kein abgedrehter Horrorfilm, das war die Realität, die brutale Realität. Und die Menschheit hatte keine Ahnung. Und das sollte sie auch nicht haben, dafür sorgten sie schon.

Sie fröstelte. Die Menschen, die plötzlich nicht mehr mit ihr reden wollten, das ominöse Virus, die unsichtbare Abhöranlage, die merkwürdigen Löcher in ihren Autoreifen, alles kleine Störungen, die sie bei ihren Nachforschungen aufhalten sollten.

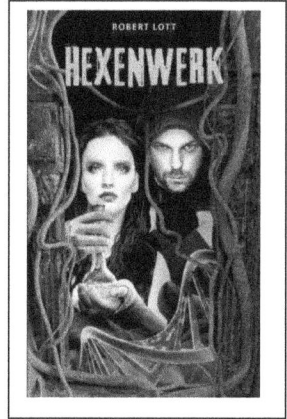

Doch sie hatte den Beweis gefunden, sie hatte das Foto. Und sie wusste, was es bedeutete. Und wahrscheinlich wussten sie jetzt auch schon, dass sie es wusste. Gänsehautschauer liefen über ihren Körper. Jetzt hatten sie allen Grund sie zu töten…"

Marisa Braun, Reporterin der Rhein-Neckar-Zeitung, versucht mehr über die Jugendjahre eines unter merkwürdigen Umständen gestorbenen Heidelberger Professors herauszufinden. Gegen alle Warnungen folgt sie der Spur in die grausame Vergangenheit Südamerikas und Deutschlands und entdeckt dabei ein verrücktes Spiel mit falschen Identitäten. Doch wer versucht sie mit allen Mitteln aufzuhalten? Ist es die Kokainmafia, sind es die Neonazis oder Außerirdische? Ist womöglich sogar Hexerei im Spiel? Welche Rolle spielt die Heidelberger Uni und was verbirgt ein geheimnisvolles Gemäuer in Franken?

„Hexenwerk" von Robert Lott ist 2023 im BoD Verlag erschienen. (ISBN 978-3-7568-9381-2) und für 8.99 € in allen Buchhandlungen erhältlich (als e-book  ISBN 978-3-7568-10550).

Milton Keynes UK
Ingram Content Group UK Ltd.
UKHW010008240823
427351UK00004B/207

9 783744 815734